兼好法師

Kenko Hoshi

丸山陽子

コレクション日本歌人選013
Collected Works of Japanese Poets

笠間書院

『兼好法師』目次

凡例

一、本書には、鎌倉・南北朝時代の歌人兼好法師の和歌を四九首及び連歌一首を載せた。

一、本書は、兼好がどういった歌人と交流し、どういった和歌を多く詠んだかについて、時に『徒然草』を視野に入れながら鑑賞することを特色とするが、本書を通じて『徒然草』だけでは見出せない「歌人としての兼好」を鑑賞することに重点をおいている。

一、本書は、次の項目からなる。「作品本文」「出典」「口語訳」「鑑賞」「脚注」「略歴」「略年譜」「筆者解説」「読書案内」「付録エッセイ」。

一、テキスト本文は、主として兼好自筆の草稿本といわれる前田家尊経閣文庫蔵本の複製に拠り、適宜漢字をあてて読みやすくした。「付録エッセイ」の歌番号は『新日本古典文学大系』に同じである。

一、鑑賞は、一首につき見開き二ページを当てた。

兼好法師

01

衣《ころも》うつ夜《よ》寒《さむ》の袖《そで》やしほるらんあか月露の深草《ふかくさ》の里

【出典】兼好法師集

秋の夜寒に暁の露深い深草の里で衣をうつ女の袖は、涙に濡れていることでしょうか。

詞書《ことばがき》に「深草に通ひしころ、あか月砧《きぬた》うつを」詠んだ歌とある。そのため、兼好は深草に住む女のもとに通っていたのではないかといわれている。そこで、ここでは深草の里の背景を踏まえて一首を味読してみよう。

深草とは山城《やましろ》国の歌枕《うたまくら》で、今も京都市伏見区深草にその名を残す。「深草の里」といえば、すぐ想起されるのが『伊勢物語』*百二十三段である。男は「深草に住みける女」に飽《あ》きてしまったのか、何年も通《かよ》い住んだ深草の里を

*伊勢物語―平安前期の歌物語。百二十五段からなる。作者未詳。「昔、男（あり

捨て去る思いを歌にして「年をへて住みこし里を出でていなばいとど深草野とやなりなむ」と送った。すると女は、「野とならば鶉《うづら》となりて鳴きをらむかりにだにやは君は来ざらむ」と返歌《へんか》し、鶉になって泣けば、男が鶉を狩りにと、仮《かり》にでもきてくれるだろうという思いを伝えた。男は女の歌に心を打たれ、女のもとを去る気持ちがなくなったという話である。これを踏まえた*藤原俊成《ふじわらのしゅんぜい》の歌「夕されば野辺《のべ》の秋風身にしみて鶉鳴くなり深草の里」（*千《せん》載《ざい》集・秋上）が広く知られるに及んで、『伊勢物語』を背景とする歌枕「深草」のイメージが形成された。また、歌の「衣うつ」や詞書の「砧うつ」は、衣を砧で打ってやわらげることをいい、女が行った冬支度の作業であった。秋の夜に響く砧の音は、中国の*六朝《りくちょう》以来の詩をもとに和歌に取り上げられ、遠く離れた恋人や夫を思いながら待つ女が連想された。

以上を踏まえると、この歌は、「露の深草」に「露深し」と「深草」を掛け、暁方《あかつきがた》の深草の里の夜寒の露に、衣を打つ女の袖の涙を重ねており、深草で涙しながら衣を打って男を待つ女の姿が浮かんでくる。詞書と歌全体から、待ち続ける女を想起しながら深草へ通う男の姿が描《えが》けることは確かである。実際に兼好が女性のもとに通っていたかのような印象を残す歌である。

けり）」の書き出しが多い。在原業平の歌を収める。

*藤原俊成—平安後期から鎌倉初期の公卿・歌人。（一一一四—一二〇四）。九十一歳。

*千載集—一一八八年、藤原俊成が撰した勅撰和歌集。古今集から七番目にあたる。

*六朝—中国で後漢から隋の間に勃興した六つの王朝。三世紀から六世紀の間の約三六〇年間。

02

思ひいづや軒《のき》のしのぶに霜さえて松の葉わけの月を見し夜は

【出典】兼好法師集

あなたは思い出されますか。軒の忍草《しのぶぐさ》に霜が冴えて、松の葉から洩れてさす月を見ながら語り合った、あの夜のことを。

かつて共に語り合った人に詠《よ》んだ歌である。冬の夜、簀《す》の子に腰掛けて月を見ながら暁まで語った人、という詞書のシチュエーションからは、やはり女性を想起させる。

そもそも詞書の内容は、『源氏物語』*帚木《ははきぎ》の、雨夜《あまよ》の品定めで左馬頭《さまのかみ》が語った経験談、「この男、いたくすゞろきて、門《かど》近き廊《らう》の簀《す》の子だつ物に尻かけて、とばかり月を見る」の一節と似た雰囲気がある。

【詞書】冬の夜、荒れたる所の簀子に尻かけて、こ高き松の木の間よりくまなく洩《も》りたる月を見て、あか月まで物語りし侍りける人に。

＊源氏物語―平安中期の物語。五十四帖。作者は紫式部。光源氏とその子孫たち

歌の初句は、「思ひいづや」として、相手への問いかけから始まっている。最後に言うべき「思ひいづや」を、順序を変えて先に置く倒置法《とうちほう》を用いることによって、語勢を強めている。そして二句以降は、ともに語り明かした夜の場面が具体的に示されている。

実は、兼好は、『徒然草』第百五段*でも、御堂《みどう》の廊で男が「女となげしに尻かけて、物語する」ことを語っている。『徒然草』とこの歌は、男女が月の夜に語り合うというイメージが共通しているのである。

具体的に見てみよう。例えば詞書を含むこの歌の「冬の夜」「霜さえて」「簀の子」「くまなく洩《も》りたる月」の部分と、『徒然草』の「消え残りたる雪の、いたく凍りたるに」「長押《なげし》」「有明の月さやかなれども、隈《くま》なくはあらぬに」の部分の場面設定は、違いはあれどもかなり類似しているといえよう。

この歌は、古典の発想や表現からイメージしたところが大きいと見られる。ただし、本当に兼好が月の夜に女性と語り合った実体験が背景にあったのかもしれない。そうであるならば、これは兼好にとって忘れ難《がた》い、趣《おもむき》の深い経験の一つであったに違いない。

を描いた王朝物語。

＊第百五段―北の屋陰に消え残りたる雪の、いたう凍りたるに、さし寄せたる車のながえも、霜いたくきらめきて、有明の月さやかなれども、隈なくはあらぬに、人離れなる御堂の廊に、並々にはあらずと見ゆる男、女と長押《なげし》に尻かけて、物語するさまこそ何事にかあらん、尽きすまじけれ。

03

有明の月ぞ夜深《よふか》き別れつる木綿《ゆふ》付鳥《つけどり》や空音《そらね》なりけむ

鶏が鳴いたのでお別れしましたが、帰ってみるとまだ有明の月が照っていて夜深いですよ。あの時聞いたのは、いつわりの鳴き声だったのでしょう。

【出典】兼好法師集

詞書に、「秋の夜、鳥の鳴くまで人と物語りして、帰りて」詠んだ歌という。この「鳥」とは、ここでは鶏《にわとり》のことである。歌に鶏の意の歌語「木綿付鳥」を詠んでいる。そして「木綿付鳥」の「空音」とは、鳴く時刻ではないのに、鶏がいつわってうそ鳴きすることをいう。

これは、『*史記《しき》』孟嘗君《もうしょうくん》列伝にいう中国の戦国時代、孟嘗君が、鶏の鳴きまねが上手な食客《しょっかく》のおかげで函谷関《かんこくかん》の関門を通過して秦《しん》を出国できたとい

【語訳】○木綿《ゆう》付鳥―鶏に木綿《ゆう》をつけて国境の関でお祓《はら》いをしたことからこの名がある。

*史記―中国の二十四史の一つ。正史の第一。百三十巻。著者は司馬遷。伝説上の黄帝から前漢の武帝までの紀伝体の歴史書。

う故事に基づく。これを踏まえた清少納言の有名な歌「*夜をこめて鳥の空音にはかるともよに逢坂の関はゆるさじ」（*後拾遺《ごしゅうい》集・雑二）以降、これを本《ほん》歌《か》として「鳥の空音」が詠まれた。

鶏の鳴き声は、夜をともに過ごした男女の別れの刻限《こくげん》を告げるものであった。兼好の歌も、これを念頭に置きながら、鶏の声で別れたもののまだ夜深く、あの声はうそ鳴きだったのかと詠む。別れへの名残《なごり》惜しさを垣間見《かいまみ》せていよう。

実は、これと類似する場面が『徒然草』第百四段*にある。夕月夜《ゆうづきよ》に「ある人」が荒れた家に籠る女を訪れた話である。近況などを話すうちに、まだ暗い中一番鳥が鳴く。なおも語り合うが、まだ辺《あた》りは暗いのに鶏がひときわ鳴き立てる。その後、戸の隙間《すきま》が白くなってきて、やむなく家を後にしたという。終わりに、これは過去の四月の出来事で、この日を最後に永遠の別れとなったことを明かす。物語りした男女の名残惜しい別れは、この歌のイメージと重なり合ってくる。

百四段は、この歌の体験を虚構化した内容とも言われている。『徒然草』と共に歌を味わうと、歌のイメージが更に深まっていく。

＊「夜をこめて」の歌―『枕草子』百三十一段に知られる歌。『小倉百人一首』にも選ばれた。

＊後拾遺集―一〇八六年、藤原通俊が撰した勅撰和歌集。古今集から四番目にあたる。

＊第百四段―荒れたる宿の、人目なきに、女の憚《はばか》ることあるころにて、つれづれと籠《こも》り居《ゐ》るたるを、ある人、訪《とぶら》ひ給はんとて、夕月夜のおぼつかなきほどに、忍びて尋《たづ》ねおはしたるに、（中略）さて、このほどの事ども細やかに聞え給ふに、夜深き鳥も鳴きぬ。（中略）明けはなるるにやと聞き給へど、夜深く急ぐべき所のさまにもあらねば、少したゆみ給へるに、隙《ひま》白くなれば、忘れ難《がた》き事など言ひて立ち出で給ふに、（以下略）

04

うきもまた契《ちぎり》かはらでふるにいま袂《たもと》ぬれつつ露やくだくる

【出典】兼好法師集

互いにつらい境遇ながらも二人の契りは変わることなく過ぎてきたのに、いまになって袂がしきりにぬれて涙の露がくだけ落ちるよ。

【詞書】沈《じん》を二切つかはすとて、「うち二つたてまつる」と沓冠にをきて。

和歌には折句《おりく》という技法がある。折句とは、五七五七七からなる和歌の各句の頭に、物の名や地名などを一字ずつ置いて詠んだものをいう。有名な歌に、「かきつばた」を詠み込んだ、『伊勢物語』第九段に知られる、

㋕ら衣㋖つつなれにし㋡ましあれば㋩るばる来ぬる㋟びをしぞ思ふ

がある。

この折句の技法を使い、兼好に歌を送ってきた人がいた。その歌とは、

(か)*づきせぬ(う)きよのあまも(ほ)しあへぬ(し)ほたれ衣(や)りてみせばや

で、「かうほしや」と言ってきた。その経緯は、*宇治《うじ》の平等院の経蔵《きようぞう》にある沈香《じんこう》を、兼好が所持していると聞いて、ある人のもとから「香《かう》ほしや」と折句に詠んでよこした歌、と詞書にいう。沈香とは、熱帯地方に産するジンチョウゲ科の常緑高木を土中に埋め、腐敗させて製した香料である。

それに対する返歌が、冒頭の兼好の歌である。詞書に、沈香を二切、人をやって届け贈るというので、「うち二つたてまつる」と沓冠《くつかぶり》に置いて詠んだ歌という。沓冠とは、折句をより技巧化した詠法で、意味のある十文字の語句を、各句の初めと終わりに一字ずつ配する。拾い出してみると、

(う)きもま[た](ち)ぎりかはら[で](ふ)るにい[ま](た)もとぬれつ[つ](つ)ゆやくだく[る]

のように、各句の最初の一字を上から読むと「(う)(ち)(ふ)(た)(つ)」、各句の最後の一字を上から読むと「[た][て][ま][つ][る]」を詠み込んだことが分かる。

人から香が欲しいと頼まれ、兼好がそれを送るといったやりとりが、和歌を介して行われたのである。そしてこれが、折句や沓冠という技法を用いて行われたところに面白さがある。兼好が、宇治の平等院の経蔵にあった沈香を入手した経緯についても興味を誘う歌である。

*「かづきせぬ」の歌の詞書―うじの御経蔵の沈ありと聞きて、人のもとより、『香ほしや』と折句によみてをこせたる。

*宇治の平等院―山城国、現在の京都府宇治市にある寺院。

05

夜《よ》も涼し寝覚めの仮廬《かりほ》手枕《たまくら》も真《ま》袖《そで》も秋に隔てなき風

【出典】続草庵和歌集・折句

夜も涼しいので寝覚めてしまう粗末な家で、枕にする自分の腕にも衣服の袖にも、秋には絶え間なく風が吹くことだなあ。

「お米ちょうだい、お金も欲しい。」この歌には、実はこのような兼好から*頓阿《とんあ》への頼みごとが隠されている。五七五七七の各句の、最初と最後の一字を拾い出してみよう。

よもすずしねざめのかりほた枕もま袖も秋にへだてなきかぜ

各句の最初の一字を上から読むと「よねたまへ（米給へ）」、各句の最後の一字を下から読むと「ぜにもほし（銭も欲し）」が詠み込まれる、沓冠《くつかぶり》の

*頓阿―鎌倉後期から南北朝中期の僧・歌人。俗名は二階堂貞宗。（一二八九―一三七二）。八十四歳。

詠法《えいほう》である。この歌の「ぜにもほし」のように、下から五文字を配する場合もある。

詞書には、「世中しづかならざりしころ」、兼好が頓阿に送ってきた歌と記される。世の動乱、あるいは天災などの、何らかの世の乱れによって、兼好は食料やお金に困っていたのだろう。そんな時、兼好は頓阿に救いを求めたのである。対する頓阿の返歌は、

(よ)るもう[し](ね)たくわがせ[こ](は)てはこ[ず](な)ほざりにだ[に](し)ばしとひま[せ]

であった。頓阿も沓冠の詠法を用いて「(よ)(ね)(は)(な)(し)、[ぜ][に][す][こ][し]（米はなし、銭少し）」と返事をしたのである。頓阿もお米は不足していたようだが、お金には少し余裕があったようである。

兼好は、このように頓阿と機知《きち》に富んだ贈答を行っている。こうしたことを頼める間柄から、二人の仲のよさが察せられる。二人は、年齢の差もそれほどなく、兼好の方が頓阿より六歳くらい年上であった。二人はともに、二*条為世《ためよ》を師とする二条派に属した歌人として、和歌を通じた交流はもちろん、私的にも仲が良かったのだろう。この歌の二人のやりとりからは、その一端が垣間見《かいまみ》えてくる。

*二条為世―鎌倉中期から南北朝初期の公卿・歌人。（一二五〇―一三三八）。八十九歳。

06

はかなくてふるにつけてもあは雪の消えにし跡《あと》をさぞ偲《しの》ぶらむ

【出典】兼好法師集

はかなく雪が降るにつけ、母君が亡くなられてから日がたつにつけても、淡雪が消えてしまうように亡くなられた母君をさぞかし偲んでおられることでしょう。

【詞書】頓阿、母のおもひにてこもりゐたる春、雪ふる日つかはす。

母を亡くした頓阿が喪《も》に服していた春、雪の降る日に、兼好が送った哀《あい》傷《しょうか》歌である。哀傷歌とは、人の死を哀《かな》しみ悼《いた》む歌をいう。

「ふる」は掛詞《かけことば》で、雪が「降《ふ》る」意と、頓阿の母が亡くなって日を「経《ふ》る」意を掛けている。また「消え」にも、淡雪《あわゆき》が消える意に、頓阿の母が亡くなる意が掛けられる。兼好は、淡雪が降ってはかなく消えていくことに、頓阿の母の死を重ね、亡き母を偲ぶ頓阿に哀悼《あいとう》の意を示したのである。

それに対する頓阿の返歌は、「嘆きわびともに消えなでいたづらにふるもはかなき春の淡雪」であった。悲嘆《ひたん》に沈み、母とともに死ぬこともなく空《むな》しく日を送る、悲しみの様子を伝えている。

兼好は、実はこれ以外にも、頓阿の母が亡くなった折に歌を贈っている。頓阿が母の喪に服していた頃、兼好が歌を送ったのであった。この時の頓阿の返歌のみ知られており、「思へただつれなき風にさそはれし歎《なげ》きのもとは言《こと》の葉《は》もなし」(草庵集・哀傷歌)であった。つれない風に誘われて、散った木の葉が木の下にもなくて、母の死を嘆いているこの状況下では歌うべき和歌も見つからない、それをただ察して欲しいと詠む。「嘆き」の「き」には「木」を、「言の葉」の「は」には「葉」を掛けており、お互いに縁語《えんご》である。返す言葉も見つからないほどの悲嘆にくれた状況から、母の死後間もない頃のように受け取れる。

兼好は、このように、母を亡くした頓阿に対し、その哀悼の思いを和歌に託して度々《たびたび》贈っていたようである。頓阿と親しかった兼好は、頓阿の亡き母への思い、また母を偲ぶ深い悲しみを、より身近に感じ取っていたのかもしれない。

*「思へただ」の歌の詞書―母の思ひにて侍りし比、兼好歌をすすめ侍りし返事に。

07

行き暮るる雲路《くもぢ》の末に宿なくは都に帰れ春の雁《かり》がね

北へ帰る途中、行き暮れた雲路の果てにいい宿がなかったならば、その時はまた都に帰っておいで、春の雁よ。

【出典】兼好法師集

この歌は、兼好が歌人として活動していた当時、人々から評価された歌である。このことは『近来風体抄《きんらいふうていしょう》』*に詳しい。貞和《じょうわ》（一三四五～九）の頃、為世《ためよ》を師とする二条派に属した頓阿・慶運《けいうん》*・兼好の三人は、歌がうまいといわれていた。兼好は、この中でも少し劣るように人々から見られていたようであるが、人の口にのぼる歌が多くあったという。その一つとして挙げるのがこの歌で、頓阿や慶運もほめたと記している。

＊近来風体抄―南北朝後期の歌論書。著者は二条良基。

＊慶運―鎌倉後期から南北朝中期の僧・歌人。一三六九年頃没。

この歌は、北に帰る雁《かり》に対する惜別《せきべつ》の情を詠んだ歌で、題は「薄暮帰雁《はくぼきがん》」。「薄暮」は上句《かみのく》「行き暮るる雲路の末に宿なくは」、「帰雁」は下句《しものく》「都に帰れ春の雁がね」に題意《だいい》を込める。「帰る雁」は春になり北へ帰る雁をいう。雁は、秋に北方より渡来して日本で冬を過ごし、春にはまた北へ帰ってゆく鳥である。春と秋の季節を代表する景物《けいぶつ》として取り上げられ、「帰る雁」を詠む歌は多く、「春の雁がね」もよく詠まれた。「雁がね」とは雁の別名だが、その由来は雁の鳴き声をいう「雁が音《ね》」であるという。

兼好は、この歌の他にも「春の雁がね」に再び秋の飛来《ひらい》を期待した歌を詠《よ》んでいる。それは、「またも来む秋こそいとど頼まるれとまる年なき春の雁がね」（兼好法師集）という歌で、帰らずにとどまる年がない春の雁だから、また帰ってくるであろう秋がいっそう頼みに思われるという。

兼好は、歌がそれほど上手であったわけではなく、歌の評価も決して高くはなかった。しかし、こうしてほめられる歌もあったのである。兼好は、歌人としてそれなりの地位を築いていたようである。何より当時、兼好は『徒然草』作者としてではなく、歌人として世に知られていたのであった。

08

うち捨てて別るる道のはるけきに慕《した》ふ思ひをたぐへてぞやる

【出典】兼好法師集

私を置き去りにして別れ旅立って行くあなたの道は、はるかに遠いので、あなたを慕うわたしの思いをこの火打《ひうち》に託《たく》して贈ります。

【詞書】浄弁律師筑紫へまかり侍りしに、火打《ひうち》つかはすとて。

＊浄弁―鎌倉後期から南北朝前期の僧・歌人。（?―一三五六頃）。

兼好が、筑紫国《つくし》へ旅立つ浄弁律師《*じょうべんりつし》に火打《ひうち》を贈るというので詠んだ歌である。筑紫国は現在の福岡県の辺りである。京からはるか遠く九州へ旅立つ浄弁に、兼好が火打を贈ったのはなぜだろうか。

それは、火打を旅人への餞《はなむけ》とする風習があったためである。火打とは、火《ひ》打石《うちいし》と火打鉄《ひうちがね》で火を打ち出す道具である。火打は当時の一般的な発火法で、旅人は火打袋《ひうちぶくろ》を携帯した。第五句の「たぐへて」は、添《そ》えて、託しての意であり、遠く筑紫へ旅立つ浄弁の安全と無事を祈り、火打を贈ったことがうかがえる。初句「うち」は「捨つ」を強める接頭語だが、ここに火打の「打ち」を響かせ、第四句「思ひ」の「ひ」に「火」を掛けている。

浄弁は、兼好と同じく二条為世を師とする二条派に属した歌人であった。その浄弁が筑紫に下向したのは、九州在住の豪族に招かれたためである。旅立つ浄弁に対し、同じく二条派に属した頓阿*も歌を贈っている。その詞書に、浄弁が老後に筑紫へ下向する時、名残を惜《お》しんで人々が歌を詠んだことが記されている。浄弁と親しい人々が集まって歌を贈り、浄弁を見送ったのであった。

この頃は、今のような飛行機や電車といった交通手段はもちろんない時代である。いくつもの山道を越えて行かねばならなかった時代であり、従者などを従えて行ったとしても、様々な危険がつきまとっていた。浄弁と親しい人たちが、長旅となる浄弁の無事を心から祈り、別れを惜しみつつ見送った場面が思い浮かんでこよう。

浄弁は、このとき七十歳前後であった。老齢の浄弁を見送った兼好が、火打に託した思いは、やはり並々ならぬものであったに違いない。

*頓阿も歌を贈っている―頓阿はこの時、「法印浄弁、老の後、筑紫へ下り侍りし時、名残惜しみて人々歌読み侍りしに、祝の心を」という詞書で、「末遠くいきの松原ありてへば今日別るとも又ぞあひみん」（続草庵集・雑）と詠んだ。

09

行末《ゆくすゑ》の命を知らぬ別れこそ秋とも契《ちぎ》る頼《たの》みなりけれ

【出典】兼好法師集／権僧正道我集

行く末いつまでの命かわからない身の別れであるからこそ、秋にはまたお会いしましょうと約束することが頼みとなるのです。

この歌は、*清閑寺《せいかんじ》の*道我僧都《どうがそうず》と交わした*贈答歌《ぞうとうか》である。兼好は関東に下るにあたり、清閑寺に立ち寄って道我に会い、秋には返って来ることを伝えた。すると道我は、「かぎりしる命なりせばめぐりあはん秋ともせめて契りおかまし」と歌を詠んできた。その返歌が冒頭の歌である。

道我は、いつが限りと分かる命ならば、再び会うのは秋と約束できるけれど、無常《むじょう》の世の中いつ死が訪れるか分からないのだから、また秋に会う約束

【詞書】返し。

*清閑寺―京都市東山区にある寺。

*道我―弘安七年（一二八四）生、興国四年（康永二年・一三四三）没。六十歳。『権僧正道我集』を残す。

*贈答歌―『兼妙法師集』詞

なんてできない、という意を歌に込めた。道我の歌は、秋に帰るという兼好の発言に、少々揚《あ》げ足をとったような印象を受ける。

それに対し兼好の歌は、「行末の命も知らぬ別れ路《ぢ》はけふ逢坂《あふさか》やかぎりなるらん」（拾遺《しゆうい》集・別）を本歌としたもの。無常の世の中なので、これから先いつまでの命かもお互いに分からない、と詠んだ歌である。これを踏まえ、いつまでの命か分からない別れだからこそ、秋にまた会おうと約束することが頼みとなるのだと返歌《へんか》した。道我の歌に対し、苦しい釈明となった感じである。

道我は、兼好と同じ二条派の歌僧《かそう》*であった。二人は年の差がほとんどなく、兼好の方が一歳年上であった。そのこともあってか、二人は親交があったと見られ、例えば『徒然草』第百六十段*にも道我の発言が引用されている。

この歌のやりとりは、結局兼好より道我の方が一枚上手《うわて》であったようだが、道我は兼好の発言をとらえて、和歌で少々興《きよう》じてみようとしたのかもしれない。この贈答歌からは、和歌を通じた親交の一場面が垣間見《かいまみ》えてくるようである。

書に「東《あづま》へまかり侍りしに、清閑寺に立ち寄りて、道我僧都にあひて、秋は帰りまでくべきよし申し侍りしかば、僧都《そうづ》」として載る。

*歌僧―歌を詠んだ僧。

*第百六十段―「行法も、法の字を澄みていふ、わろし。濁りていふ」と、清閑（道我）寺の僧正仰せられき。

10

世にしらず見えし梢《こずゑ》ははつせ山君にかたらむことの葉もなし

【出典】兼好法師集

まだ見たこともないように美しく思われた初瀬山の紅葉の梢は、途中でみな散ってしまい、あなたになんと申し上げてよいやらお詫《わ》びの言葉もありません。

【詞書】神無月《かんなづき》のころ、初瀬にまうで侍りしに、入道大納言（二条為世）「紅葉折りて来《こ》」と仰《おほ》せられしかば、めでたき枝に檜原《ひばら》折りかざしてもたせたれど、道すがらみな散りすぎたるをたてまつるとて。
（神無月は、陰暦十月。）

神無月《かんなづき》のころ、兼好は*初瀬山《はつせやま》に参詣した。その折に、兼好は、歌の師である二条為世《ためよ》から「紅葉の枝を折って来なさい」といわれていた。そのため、みごとな紅葉の枝に檜《ひのき》を折って上に添えるようにして人に持っていかせたのだが、道すがらみんな散ってしまった。それを為世に献上するというので詠んだのがこの歌である。

初瀬山は大和《やまと》国の歌枕である。檜で有名な地で、紅葉と共に「初瀬山檜原《ひばら》の木《こ》の間色見えてえぞこもりえの秋の紅葉葉《もみぢば》」（延文百首）などと詠まれた。詞書の「檜原」は、ここでは檜の意で、兼好が紅葉に檜を添えて献上したのもうなずける。歌の初句「世にしらず」は、世間に類例を知らないほどの、紅葉の際立《きわだ》った美しさを表している。そして第三句「はつせ山」の「はつ」には、「初」と「果つ」を掛け、第五句「ことの葉」は、「言葉」と、紅葉を意味する「木の葉」を掛けている。こうして、散ってしまった紅葉を献上するお詫びの心を歌に託したのだった。

対する為世の返歌は、「*こもりえの初瀬のひばら折り添ふる紅葉にまさる君が言《こと》の葉」であった。初瀬の檜を折り添えてくるとは、散った紅葉よりずっとしゃれたあなたの歌ですね、と返している。いささか社交辞令も含まれようが、どうやら事なきを得たようである。

為世は、和歌の正当な家柄である二条家を継いだ人物である。兼好は、この二条派に属し、為世を師と仰いだのだった。この歌の他にも、兼好が為世から花見に誘われた折の歌や、為世邸での歌会《うたかい》で詠んだ歌など、為世との和歌を通じた交流が知られる。このやりとりからは、そうした師弟の交流の一場面が伝わってくる。

＊初瀬山―大和国磯城《しき》郡、現在の奈良県桜井市にある山。

＊こもりえの…―あの隠り江の初瀬の檜原を折って添えてくるとは、散った紅葉よりずっとしゃれたあなたの歌ですね。

11

最上河《もがみがは》はやくぞまさる雨雲《あまぐも》ののぼればくだる五月雨《さみだれ》のころ

【出典】兼好法師集

最上川は、雨雲が水上にのぼったかと思うと早くも水かさを増して、川をくだってくるこの五月雨のころだなあ。

【詞書】民部卿殿（二条為定）にて、各々歌詠みて、褒《ほ》め貶《そし》ることありしに、五月雨。
（為定邸で行われた褒貶《ほうへん》和歌会の一首。）

「のぼればくだる」と表現するこの歌は、「最上河のぼればくだる稲舟《いなふね》のいなにはあらずこの月ばかり」（古今集・東歌）を本歌とする。この東歌は、上句で最上川をのぼりおりしている稲舟を詠んでいるが、稲舟とは朝廷への貢物《みつぎもの》である稲を運ぶ舟をいう。この上句《かみのく》を序詞《じょことば》として、私の返事は稲舟の「いな（いいえ）」ではありませんが、今月だけは都合が悪いので返事を待って欲しいという思いを詠む。女性が、何らかの支障《ししょう》があって結婚の延期を求めた歌であろう。

それに対し兼好の歌は、「五月雨」の題で詠んだ一首。最上川の水量のすばやい変化を詠む。雨雲が水上にのぼったかと思うとすぐに、雨が降って最上川が増水してくだってくる、その動きをとらえている。最上川は出羽《でわ》国の歌枕で、現在の山形県を流れて日本海に注《そそ》ぐ川である。日本三急流の一つで、当時より急流で知られる川であった。特に雨の多い梅雨の時期にあたる五月雨の頃、最上川の水量が勢いよく変化する躍動《やくどう》的な情景が広がってくる。

この歌は、*松尾芭蕉《まつおばしょう》の俳句「五月雨を集めて早し最上川」の母体をなすという指摘がしばしばなされてきた。「集めて早し」には、最上川の水量の多さや速度感があふれ、句からは五月雨の時期に雨水を集めて増水した最上川が、勢いよく流れ下る様子が伝わってくる。

芭蕉が兼好の歌を念頭に置いた確証はないが、「五月雨」「早し」「最上川」の共通項があり、この三つのキーワードを用いた和歌は、兼好の歌以外に見当たらない。確かに兼好の歌が響《ひび》いているという指摘があっても不思議はないだろう。芭蕉の句の解釈にあたり、兼好の歌が想起《そうき》された事実は、兼好の歌の享受《きょうじゅ》を考える上でも興味深い。

*松尾芭蕉―江戸前期の俳人。芭蕉は俳号で、名は宗房。(一六四四―一六九四)。五十一歳。

12

さわらびのもゆる山辺《やまべ》を来て見れば消えし煙《けぶり》の跡ぞかなしき

【出典】続現葉和歌集・哀傷歌／兼好法師集

早蕨《さわらび》が芽を出した山辺に来て見ると、この地で堀川具守の亡骸《ぼうがい》を火葬した跡は本当にかなしいことです。

この歌は、『源氏物語』早蕨《さわらび》の巻名の由来となった、中《なか》の君《きみ》の「この春は誰にか見せむ亡き人の形見に摘《つ》める峰《みね》の早蕨」の歌を念頭に置く。「亡き人」とは中の君の父、八の宮を指す。中の君は、姉の大君《おおきみ》まで亡くなった今年の春、亡き父の形見として摘《つ》まれた峰の早蕨を、いったい誰に見せたらよいのか、という思いを詠んだ。早蕨を形見とするのは、父の没した宇治山《うじやま》*で摘まれたことにちなんでいる。

【詞書】堀川の大臣を、岩倉の山庄におさめたてまつりにし又の春、そのわたりの蕨をとりて、雨降る日、申しつかはし侍りし。

*宇治山―山城国宇治郡、現在の京都府宇治市にある喜撰山をいう。

これを踏まえ、兼好は堀川具守《ほりかわとももり》の死を悲しみ悼《いた》む哀傷歌を詠んだ。具守は、正和《しょうわ》五年（一三一六）の春に没し、彼の山荘があった山城国、現在の京都府南部の岩倉《いわくら》で火葬された。翌年、そこに芽吹《めぶ》いた蕨《わらび》をとり、蕨に添えて*延政《えんせい》門院一条《もんいんいちじょう》に贈ったのがこの歌である。歌を交《か》わした延政門院一条は、兼好と同年代か少し年上といわれており、気心の知れた人であったのだろう。具守を火葬した岩倉の地に萌え出る早蕨を具守の形見として交《かわ》した哀傷歌は、まさに『源氏物語』早蕨の場面が想起され、重なり合う。兼好は、早蕨を具守の形見として、具守を偲《しの》んだのであった。

歌の「もゆる」には「萌《も》ゆる」と「燃《も》ゆる」を掛けており、「消えし」と「煙」は「もゆる」の縁語である。「跡ぞかなしき」の「かなし」は、古語《こご》では心を揺るがす痛切《つうせつ》な感情を意味する。無常観を述べる段で知られる『徒然草』第三十段冒頭も、「人の亡き跡ばかりかなしきはなし」と端的《たんてき》に言い切っている。兼好は、家司《けいし》として堀川家に仕えており、具守とは関係が深かった。『徒然草』*第百七段には、具守のエピソードが語られている。早蕨を具守の形見として偲びながら、具守の死にやるせない悲しみを抱いていたに違いない。

*延政門院一条―延政門院に仕えた女房。延政門院一条の返歌は「見るままに涙の雨ぞふりまさる消えし煙のあとの早蕨」。

*第百七段―亀山院の御時、しれたる女房ども、若き男達の参らるるごとに、「郭公《ほととぎす》や聞き給へる」と問ひて心見られけるに、（中略）堀川《（具守）》内大臣殿は、「岩倉にて聞きて候ひしやらん」と仰せられたりけるを、「これは難なし。数ならぬ身、むつかし」など定め合はれけり。

13

うちとけてまどろむとしもなきものを逢ふと見つるや現《うつつ》なるらん

【出典】兼好法師集

夢で恋人に逢ったと見たけれど、うちとけて眠ったというわけでもない。そうすると、逢ったと見たのは夢ではなくて現実だったのだろうか。

【詞書】後二条院の書かせ給へる歌の題の裏に、御経書かせ給はむとて、女院より人々に詠ませられ侍りしに、夢に逢恋を。

「夢に逢《あ》ふ恋」の題を詠んだ、恋の歌である。夢で恋人に逢ったのだけれど、それは夢ではなくて現実だったのかと思う。恋人に逢うことへの願望が込められた歌である。

うちとけて眠ったというわけでもない、というのは、どういう眠りだったのか。それは、熟睡ではなく、うとうとと眠る状態である。こうしたうたた寝で恋人に逢うという歌は、実に多い。

例えば＊小野小町《おののこまち》の歌に、「うたた寝に恋しき人を見てしより夢てふものは頼みそめてき」（古今集・恋）がある。うたた寝の夢に、恋しい人をふと見てしまってからは、はかない夢も頼みに思いはじめるようになったという。はかない夢、その夢で恋人に逢うことも、またはかないものである。兼好の歌は、「うたた寝」の様子を、「うちとけてまどろむ」ことを否定する形で表現している。眠りから覚めた時、熟睡していなかったことを確認し、現実であったことを望む、その切なる願いが伝わってくるようである。

この歌が詠まれた経緯には、実は恋とは別の深い事情があった。詞書によると、この歌は、＊後二条《ごにじょう》院の書いた歌の題の裏にお経を書くといって、＊西《せい》華門院《かもんいん》が人々に歌を詠ませた時に、兼好が詠んだ歌であるという。この行為は、母である西華門院が行った、亡き息子である後二条院の供養《くよう》を意味する。後二条院は、天皇に即位したものの、二十四歳の若さでこの世を去っていた。兼好は、この後二条天皇に＊蔵人《くろうど》として奉仕したといわれている。

一方西華門院は、兼好が家司《けいし》として仕えた堀川具守《とももり》の娘であった。兼好は、西華門院による私的な供養の機会に歌を召されたのである。ここに、西華門院や後二条院との深いつながりがうかがえる。

＊小野小町―平安前期の女流歌人。生没年未詳。六歌仙・三十六歌仙の一人。美貌の歌人といわれ、多くの伝説がある。

＊後二条院―後宇多天皇の第一皇子。第九十四代天皇。（一二八五―一三〇八）。二十四歳。

＊西華門院―後二条院の母。名は基子。（一二六九―一三五五）。八十七歳。

＊蔵人―官名。蔵人所《くろうどどころ》の職員。職務は、文書の保管、詔勅の伝達、宮中の事務から天皇の私生活に関することへと拡大した。

14

待てしばしめぐるはやすき小車《をぐるま》のかかる光の秋にあふまで

【出典】兼好法師集

もう少しの間待ってくれ。めぐりやすい月日のいつの間にか移って、このような光栄に浴するまで。

これは、連歌《れんが》であり、和歌とは形式が異なっている。連歌とは、和歌でいう上句と下句の部分を、それぞれ別の人が詠む形式である。連歌では、上句の部分を前句《まえく》、下句の部分を付句《つけく》といい、ここでは前句を*邦良親王《くによししんのう》、付句を兼好が詠んでいる。

兼好が邦良親王と連歌をすることになった経緯は、詞書に次のように記される。親王の御前《ごぜん》に、月の夜、*堀川具親《ともちか》が伺候《しこう》して御酒《ごしゅ》などを召し上がっ

【連歌】前坊《ぜんぼう》（邦良親王）御前に、月の夜、権大夫殿さぶらはせ給ひて、御酒などまゐりて御連歌ありしに、候《さぶら》ふよし人の申されたりければ、御盃《さかずき》をたまはすとて

まてしばしめぐるはやす
きをぐるまの

といひおかれて、付けてた

て、連歌が行われた。その時、兼好がいることをある人が親王に申し上げると、親王が兼好に御盃《さかずき》を下さるといって、前句を言われた。そして、付句を奉《たてまつ》れと仰せられたので、兼好がそこを急ぎ出て逃げようとするのを、*五《いつ》辻長俊《つじのながとし》に引き留められたので、付句を申し上げたという。

前句「小車」は、「めぐる」の縁語で、月日のめぐる速さにたとえている。当時皇太子であった親王が、やがて天皇に即位する意を込めたのである。ただし、親王は結局即位できず、二十七歳でこの世を去っている。対する兼好は、「光の秋」を読む。連歌が行われた月夜の景として、秋の月光を詠むのだが、ここに、親王にお会いして盃をいただく光栄に浴した喜びの心を込めたのである。それぞれに自身の思いを表現したのである。

兼好は、この時親王から盃を賜り、連歌をすることになろうとは、夢にも思っていなかったのだろう。兼好が親王と連歌するに至ったのは、家司《けいし》として仕えた堀川家の具親につき従い、親王の御所に控《ひか》えていたことがきっかけであった。

兼好にとって、親王との連歌は、後に忘れ難い体験として記憶に残ったことであろう。

てまつれと仰せられしかば、立ち走りて逃げんとするを、長俊の朝臣にひきとどめられしかば、

かかる光の秋にあふまで

と申す

*邦良親王―「くになが」ともいう。後二条天皇の第一皇子。(一三〇〇―一三二六)。二十七歳。

*堀川具親―鎌倉後期から南北朝前期頃の公卿。一二九四年生。堀川具守の孫にあたる。

*五辻長俊―少将。生没年未詳。一三二六年の邦良親王の崩御に遇い、出家した。

15

ふるさとの浅茅《あさぢ》が庭の露のうへに床《とこ》は草葉とやどる月かな

【出典】兼好法師集

――かつて住んだ家の庭の、生い茂った浅茅に置く露の上に、自分の寝床はこの草葉の上だと月が宿っているよ。――

【詞書】武蔵《むさし》の国金沢《くにかねさは》といふところに、昔住みし家のいたう荒れたるに泊《と》まりて、月あかき夜。

武蔵の国金沢《かねさわ》にある、昔住んだ家のたいそう荒れた所に泊まって、月が明るい夜に詠んだ歌と詞書にいう。兼好がかつて住んだ家に再び訪れた時の歌である。

初句「ふるさと」は、かつて住んだ家の意で、古なじみの家であることを意味している。続く「浅茅が庭」は、丈《たけ》の低いイネ科の多年草であるチガヤが生えている庭をいう。浅茅は、和歌では荒涼とした風景を表すことが多く、荒廃した邸宅を象徴する景物として詠まれている。そしてこの浅茅に置く露は、はかなく消えることから、はかなさを象徴している。詞書と和歌から、長らく家に人が住んでおらず、家や庭の荒れた様子が描けてくる。

兼好が住んだ武蔵の国金沢とは、六浦庄《むつらのしょう》金沢郷、現在の神奈川県横浜市金沢区の地である。兼好ゆかりの地として、称名寺《しょうみょうじ》内にある金沢文庫《かなざわぶんこ》には、兼好に関する文書等が多く所蔵されている。

この金沢にまつわる話が、『徒然草』第三十四段に見える。甲香《かいこう》という貝の蓋《ふた》について、「武蔵国金沢といふ浦にありしを、所の者は、『へなだりと申し侍る』とぞ言ひし」と語る。「言ひし」の「し」は、助動詞「き」の連体形で、直接体験した過去を表す。兼好が、金沢で土地の人から直接聞いた内容であろう。

兼好は、父や祖父の代から続く堀川家との関係から関東に住んでいたこと、また北条氏の一門である金沢氏とのつながりから関東に何度か下向《げこう》したことなどが推測されている。この歌から、兼好がかつて金沢に住んでいたことは確かといえよう。そして、兼好にとってかなり関わりの深い地であったこともうかがえる。

16

おしなべてひとつ匂ひの花ぞとも春にあひぬる人ぞしりける

【出典】兼好法師集

すべて一様に美しい色合いの花であると、春にめぐりあった人は知ったことだよ。

*大中臣定忠《おおなかとみのさだただ》が亡くなり、その追善《ついぜん》の時に詠んだ歌である。「おしなべてひとつ匂ひの花」には、法華経《ほけきょう》の中の方便品《ほうべんほん》にいう、*三乗《さんじょう》の教えも「唯《タダ》*一乗法ニアリ」の趣意《しゅい》を託して、一切成仏《いっさいじょうぶつ》の教えを詠んでいる。同じ趣意を題とする歌は、*釈教歌《しゃっきょうか》として『*新古今集』などに収められている。ここでは、詞書に定忠の追善の折の歌と明記していることから、定忠という人物や兼好の詠歌時の背景を踏まえてこの歌を味読《みどく》してみよう。

【詞書】祭主定忠卿身まかりて、追善に結縁経の歌すすめ侍りしに、方便品。

*大中臣定忠―鎌倉後期の神官・歌人。（一二七二―一三一六）。四十五歳。

*三乗の教え―釈尊《しゃくそん》（釈迦《しゃか》）の解いた声聞乗・縁覚乗・

大中臣家は、伊勢神宮の神官の長である祭主職《さいしゅ》を世襲《せしゅう》する家柄であった。定忠は、祖先に偉大な歌人を輩出した大中臣家出身の歌人として積極的な和歌活動を行ったが、正和五年（一三一六）の春に四十五歳で没した。定忠が亡くなる五日前、兼好が家司として仕えた堀河具守《とももり》も六十八歳で没しており、兼好は相次いで知人の死に遭遇《そうぐう》していたのだった。

ちょうど具守の没日と同日に、定忠が出家している。実は、神官の出家《しゅっけ》はしばしば行われており、決して特異なことではなかった。詞書にいう結縁《けちえん》経《ぎょう》の歌とは、成仏の因縁《いんねん》を結ぶための供養《くよう》の歌である。よって、兼好は、定忠の追善供養の歌として、「春にあひぬる人」に一切成仏を悟《さと》った定忠を暗示し、冥福を祈ると共に哀悼《あいとう》の意を込めたと見られる。

定忠の追善時の歌は、『兼好法師集』に収めるこの一首しか知られていない。兼好の家集への収録と定忠の追善への出席の事実は、定忠との関係の浅からぬことをうかがわせる。定忠は、祭主であり歌人として更なる活躍が期待される四十代半ばでこの世を去っており、惜《お》しまれる死であったに違いない。以上を踏まえると、この歌は、定忠の死を悼《いた》む哀傷歌として鑑賞することができよう。

菩薩乗の三乗の教え。

＊一乗法―悟りを開く唯一の道である一乗真実の教え。主として法華経を指す。

＊釈教歌―仏教の法文の趣旨をふまえ、その内容に合った事柄を詠んだ和歌。

＊新古今集―一二〇五年、藤原定家らが撰した勅撰和歌集。古今集から八番目にあたる。

17

めぐりあふ秋こそいとどかなしけれあるを見し世は遠ざかりつつ

【出典】新千載和歌集・哀傷歌・二二六二

ただでさえ母の死は悲しいのに、一周忌に再び巡ってきたこの秋はいっそう悲しいことだ。母がいたころの世がどんどん遠ざかっていくよ。

【詞書】返し

兼好の母が亡くなったその一周忌に、二条為定《ためさだ》が歌を送ってきた。この歌は、その返歌《へんか》である。為定は、二条家を継いだ人物で、兼好の和歌の師である二条為世《ためよ》の孫にあたる。兼好は、為定の主催する歌会で詠んだ歌などを家集に多く収めており、為定とは交流が深かったと見られる。

為定が兼好に送った歌は、*「別れにし秋は程なくめぐりきて時しもあれとさぞしたふらん」であった。母君が亡くなった秋は程なくめぐってきて、よ

＊「別れにし」の歌の詞書―兼好法師が母身まかりにける一めぐりの法事の日、さ

りによって悲しみをますこの秋の故《ゆえ》に、いっそう母君を慕っていることでしょう、と哀悼の思いを詠んだ。対する兼好の返歌は、母が亡くなって巡《めぐ》ってきた一周忌の秋に、悲しみを募《つの》らせる心情を伝えている。兼好は、「秋こそいとどかなしけれ」のように、悲しみの感情をそのままに表現している。兼好の歌は、その特徴として、特に「実情詠《じつじょうえい》」が多いといわれており、感情を率直《そっちょく》に表現する歌が少なくない。心中の思いをありのままに吐露《とろ》する歌は、技巧をこらす歌に比べると確かに平凡ではあるが、しかしその分だけ意味が解しやすいといえる。この歌からは、母を失って一周忌を迎えた折の悲しみがストレートに伝わってくる。

『兼好法師集』、そして『徒然草』においても、兼好は両親のことを詳しく語らない。ただ『徒然草』最終段の*第二百四十三段に、兼好が八歳の時に父と問答したことを記すのみである。そうした中、『*新千載《しんせんざい》集』に収めるこの贈答歌のうち、為定の歌の「別れにし秋」や、兼好の歌の「めぐりあふ秋」から、兼好の母は秋に亡くなったことが分かる。そして母を失った兼好の悲しみの心情を垣間見《かいまみ》ることができる。

さげ物にそへて申しつかはし侍りし

*第二百四十三段—八つになりし年、父に問ひて云はく、「仏はいかなるものにか候ふらん」と云ふ。（中略）また問ふ、「その教へ始め候ひける、第一の仏は、如何なる仏にか候ひける」と云ふ時、父「空よりや降りけん。土よりや湧きけん」と言ひて笑ふ。「問ひつめられて、之答へずなり侍りつ」と、諸人に語りて興じき。

*新千載集—一三五九年、二条為定が撰した勅撰和歌集。古今集から十八番目にあたる。

18

千歳《ちとせ》とも何か待つべき五十鈴川《いすずがは》にごらぬ世にはいつも澄みけり

【出典】兼好法師集

黄河は千年も待って一度澄むというが、五十鈴川はそんなに待たずとも、濁《にご》りのない正しい我が国の治世《ちせい》にはいつも澄んでいるのだよ。

この歌は、詞書によれば「これとし朝臣《あそん》の家にて、河を」詠んだ歌という。「これとし」とは、関東の親王将軍朝廷に仕える臣下であった平惟俊《これとし》とする説が有力である。その場合、この歌は兼好が関東で詠んだ歌で、時に二十三歳以前となり、かなり若い頃の歌となる。

初句「千歳とも」は、中国の『拾遺記《*しゅういき》』の「丹丘ハ千年ニ一タビ焼ケ、黄河ハ千年ニ一タビ清《す》ム」の一節を踏まえている。中国の黄河《こうが》は、千年に一

【詞書】これとし朝臣の家にて、河を。

*拾遺記―中国の魏・晋・六朝時代の怪異を述べた志怪小説集。十巻。著者は後秦の王嘉。

度、その水が澄むという。黄河は、その名に言うごとく、水が黄土《こうど》を含んで黄色く濁っている河である。兼好は、中国の黄河を比較対象として挙げながら、日本の五十鈴川《いすずがわ》は、それほど時を経ずとも濁《にご》りなくいつも澄《す》む清流であることを詠んだのである。

五十鈴川は、伊勢国の歌枕で、伊勢国度会《わたらい》郡、現在の三重県伊勢市を流れる川である。この川は、神路山《かみじやま》の南の峰を水源として伊勢神宮内宮《ないくう》の西端の神域を流れ、内宮参詣の時には禊《みそぎ》をして身心を清める御手洗《みたらし》として用いられる清流である。

和歌では、こうした五十鈴川の清く澄んだ水や尽きることのない流れを、長く久しい天皇の治世にたとえて詠むことが多い。「君が代は久しかるべし度会《わたらひ》や五十鈴の河の流れ絶えせで」（新古今集・賀歌）*などがその例で、五十鈴川の流れが絶えないで、その流れのように我が君の御世《みよ》は久しいことを詠んでいる。

兼好の歌も、長く久しい五十鈴川の清流を詠みながら、濁りのない澄んだ治世を表している。この歌の特徴を挙げるとすれば、やはり黄河と比較しながら五十鈴川の清流を詠んだ点にあろう。

＊君が代は……―わが君の御代《みよ》は久しいことであろう。度会の五十鈴川の流れが絶えないで、その流れの様に。

19

いとはやももみぢしてけり雲居路《くもゐぢ》を鳴きて過《す》ぐなる雁《かり》の涙に

【出典】兼好法師集

ほんとにまあ早々と紅葉してしまったことだなあ。空を鳴きながら過ぎて行くらしい雁の涙の露のために。

詞書に、「屏風《びょうぶ》の絵に、もみぢに雁鳴きわたるところ」とある。この歌は、紅葉と鳴きわたる雁の風景が描かれた屏風絵《びょうぶえ》の様子を詠んだ、屏風歌*である。

早くも紅葉したのは、雁のせいだといっている。そこで、紅葉と雁の関係について見てみよう。例えば「いとはやも鳴きぬる雁か白露の色どる木々ももみぢあへなくに」(古今集・秋歌上)の歌では、白露が美しく彩《いろど》るはずの

【詞書】屏風の絵に、もみぢに雁鳴きわたるところ。

【語釈】○雲居路―雲路。鳥が通る空の中の道。

*屏風歌―屏風絵の主題に合わせて詠んだ歌。和歌は、屏風に色紙の形を貼《は》ったり輪郭を描いたりした色紙形

木々も、まだ完全に紅葉していないというのに、これはまた何と早くから鳴きはじめた雁であることかと詠んでいる。紅葉すると雁が鳴くとされていたのである。

また、雁の鳴き声から「雁の涙」が連想された。「鳴きわたる雁の涙や落ちつらむもの思ふ宿の萩《はぎ》の上の露」（同）の歌では、悲しく物思いにふける私の庭の萩に置かれた露は、空を鳴きながら飛んでゆく雁が落としていった悲しみの涙なのだろうと詠んでいる。

兼好は、紅葉すると雁が鳴くこと、そして雁の涙という、歌のイメージを踏まえてこの歌を詠んだのであろう。

この屏風歌には、兼好も含め十五名の作者がいた。残念ながら絵は伝存を聞かないが、作者と和歌は『詠歌清書写』*という書物の中に書き写されて今日に伝えられている。十五首のうち、歌の内容から、兼好の歌と同じ題の絵は八首で、残る七首は、花咲く山に雁が飛ぶ様子を描いた絵という。

この屏風歌は、旅立つ道恵《どうけい》*への手向《たむ》けに、親交ある人々が和歌を添えて送ったものと推定されている。兼好は、こうした私的な屏風歌の催《もよお》しにも参加していたのであった。

に書かれた。

*詠歌清書写―東北大学附属図書館狩野文庫蔵。

*道恵―この屏風歌に参加した一人。伝未詳。

20

大荒木《おほあらき》の森の下枝《しづえ》も分《わ》かぬまで野辺の草葉の茂《しげ》るころかな

【出典】兼好法師集

大荒木の森の下枝も区別のつかないくらいに、野辺の草葉がすっかり茂るころになったなあ。

【詞書】冷泉大納言殿にて歌合に、夏草。

＊壬生忠岑―生没年未詳。古今集撰者の一人。三十六歌仙の一人。

この歌は、＊壬生忠岑《みぶのただみね》の「大荒木の森の下草茂りあひて深くも夏のなりにけるかな」（拾遺《しゅうい》集・夏）を本歌とする。大荒木の森の下草が茂りあって草深くなったように、すっかり夏も深まったことだという。この本歌を踏まえ、兼好は「夏草」を題として、大荒木の森の、野辺の草葉の茂る夏の様子を詠んだ。

大荒木は、山城国の歌枕で、現在の京都市伏見区淀本町《よどほんまち》にあった与杼《よど》神社の森という。ただし他説もあり、同国愛宕《あたご》郡の大荒木野、また大和国宇智《うち》郡、現在の奈良県にある荒木神社の森ともいわれる。いずれにせよ、この森は、忠岑の歌のように下草を景物として詠まれることが多い。下草とは、木《こ》陰《かげ》に生える草をいう。

兼好の歌は、下草を詠み込んではいないが、木の下部にある枝も分からなくなるくらい草葉が茂った様子を詠んでいる。歌に下草は詠まずとも、森の下草の生い茂る様子は十分に伝わってくる。

このように下草が茂るのは、「大荒木」の名にも象徴されるように、草が伸び放題となっているからといえる。そのため、人の訪れがないことを詠む歌も多く、「大荒木の森の下草老いぬれば駒《こま》もすさめず刈る人もなし」（古今集・雑）のように、馬も喜んで食べようとしないし、人も刈りに来ない、などと詠まれている。

この歌は、*洞院公泰《とういんきんやす》の邸宅で行われた歌合《うたあわせ》で詠んだ歌である。兼好は、公泰の兄公賢《きんかた》とも交流があり、公賢の日記『園太暦《えんたいりゃく》』には「兼好法師来たり。和歌の数寄《すき》者なり」と記される。洞院家周辺の人たちとの和歌を通じた交流の中で詠まれた一首がこの歌なのである。

*洞院公泰―鎌倉後期から南北朝期の公卿・歌人。（一三〇五―？）。

21

柴《しば》の戸に独《ひと》りすむよの月の影とふ人もなくさす人もなし

【出典】高野山金剛三昧院奉納和歌

訪ねる人もなく、柴の戸を閉める人もない柴の庵に独りで住むと、この澄み渡った月夜にも、月を見てそのあはれを問う人もなく、指して語る人もない。ただ独りで月の光に見入るのみである。

この歌は、将軍家の菩提寺《ぼだいじ》である*金剛三昧院《こんごうさんまいいん》に奉納された、百二十一首の和歌のうちの一首である。奉納者は光明《こうみよう》天皇、足利尊氏《あしかがたかうじ》、高師直《こうのもろなお》ら二十八人が名を連ねる。兼好は、*二条為明《ためあきら》や頓阿、浄弁らとともに、二条派歌人の一人として参加したと見られる。

奉納和歌は、「南無釈迦仏全身舎利《なむさかぶつぜむしむさり》」の中の一字を歌の頭に置いて詠まれている。兼好は五首を詠み、それぞれ「む」「し」「り」「か」「つ」で始まる

＊金剛三昧院―高野山にある寺院。高野山は、紀伊国伊都郡、現在の和歌山県伊都郡にある標高約千メートル前後の山々の総称。

＊二条為明―鎌倉後期から南北朝中期の公卿・歌人。（一二九五―一三六四）。七十歳。

歌である。そのうち「し」を頭に置く歌がこの一首である。

この歌は、法華経の法師品《ほっしほん》の句「寂莫《せきばく》トシテ人ノ声ナカランニ　コノ経典ヲ読誦《どくじゅ》セバ　我ソノ時ニ為ニ　清浄光明ノ身ヲ現ゼン」を踏まえる。この経典を読経《どきょう》すれば、仏が光り輝く姿を出現させるという主旨である。これに基づけば、「月の影」は月の光の意であるが、ここには仏法《ぶっぽう》を暗示していよう。同じくこの法師品の句を題とする歌に、藤原俊成の「とふ人の跡なき柴の庵《いほり》にもさしくる月の光をぞまつ」（続後撰集《*しょくごせん》・釈教歌）があり、これも「月の光」に仏法の意が込められている。

この歌は三ヶ所に掛詞《かけことば》が用いられている。「すむ」には庵《いおり》に「住む」と月が「澄む」、「とふ」には「訪ふ」と「問ふ」、「さす」には戸を閉める意の「差す」と指で「指す」意が掛けられる。そうして柴の庵に独りで住む身と月夜の様子が表現されるのである。

このとき収められた自筆の和歌は、今日に伝えられている。奉納和歌は、室町幕府の政権が始まった折に、仏事として奉納されたものである。和歌が奉納されたのは、兼好六十二歳の時のことであった。こうした機会に兼好が参加した事実は興味深い。

＊続後撰集―一二五一年、藤原為家が撰した勅撰和歌集。古今集から十番目にあたる。

22

花ならぬ霞《かすみ》も波もかかるなり藤江《ふぢえ》の浦の春の曙《あけぼの》

花ならぬ霞が一面にかかり、波も岸に寄せかかっているよ。藤江の浦の春の曙に。

【出典】兼好法師集

この歌は、藤原定家《ていか》*の有名な一首、「見渡せば花も紅葉もなかりけり浦の苫屋《とまや》の秋の夕暮」（新古今集・秋歌上）と対照的なねらい方の歌といわれる。定家の歌は、見渡すと色美しい花も紅葉も浦にないことを詠む秋の情景である。対する兼好の歌は、花ならぬ霞と波が藤江の浦にかかるとする春の情景を詠む。

定家の歌は、『源氏物語』の明石《あかし》の浦をイメージさせ、秋の淋《さび》しい風景を

*藤原定家―平安末期から鎌倉初期の公卿・歌人。（一一六二―一二四一）。八十歳。歌学者、また古典学者として著名。

表現した「わび」を感じさせるという評価の高い歌である。この定家詠には及ぶべくもないが、兼好は「藤江の浦」を用いて歌の趣向をこらしたと見られる。

詞書には「海辺の春の曙*といふ事を」詠んだ歌とある。この海辺として、播磨《はりま》国の歌枕「藤江の浦」を詠む。『万葉集』より和歌に詠まれた歌枕で、現在の兵庫県明石市の西側に続く松江海岸の辺りである。

この「藤江の浦」の「藤」に、花の藤を掛けている。そして「藤江の浦」に「霞も波もかかる」と詠み、「かかる」に霞がかかることと波がかかることを配している。

この「藤」と「波」から、歌語「藤波」を連想させる。藤波は、藤の色や花房の揺れる様子に波を連想させて、藤の花房が群《むら》がるさまをいう。また、「かかる」と「藤」は縁語であり、藤の花が垂れ下がる意で歌に詠まれる。そのため、「藤江の浦」の藤に掛け、藤の花ならぬ霞や波が「藤江の浦」にかかると詠むのである。

この歌は、歌枕「藤江の浦」の語感に工夫をめぐらしたところに面白さがあるといえよう。

*曙—空がほのぼのと明け始めるころをいう。

23

見ぬ人に咲きぬと告げむ程だにも立ち去り難《がた》き花のかげかな

【出典】兼好法師集

桜の花をまだ見ていない人に「咲いた」と知らせたいが、そのわずかな間さえも、あまりに美しいので立ち去りがたい花の下だなあ。

【詞書】ひとり花のもとに尋ね入りて。

この歌は、ひとりで桜の花を探し求めて、その花の下で詠んだ歌である。詞書「尋ね入る」は、ここでは桜の花を探し求めて、山の中に入りこむことをいう。よって、見通しがよく目につきやすい平地に咲く桜というよりは、深く分け入った山路《やまじ》に咲く桜を探し出したことがイメージされる。

ひとり桜の花を探し求め、山に分け入って見つけた桜。この桜を見ていない人にも伝えたい気持ちになる。しかしそれを告げるほんのわずかな時間も惜《お》しんで賞美《しょうび》したいという思い。桜の花のあまりの見事さに、片時《かたとき》も離れたくないとまで言っていることから、さぞかし美しく桜が咲き誇っていたことだろう。その情景に興味を誘われる。

　桜の花が咲く木の下に心がひかれ、立ち去り難《がた》く思う心情は、『古今集』の撰者《せんじゃ》の一人である＊凡河内躬恒《おおしこうちのみつね》の歌にも表れている。「今日のみと春を思はぬ時だにも＊立つことやすき花のかげかは」（古今集・春歌下）の一首は、『古今集』春歌の最後に置かれた歌で、春は今日限りと思って惜しまない日でさえも、たやすく立ち去れる花の下ではない、まして春の最後の今日はなおさらだ、と詠む。躬恒はまた「行き帰り春の山辺《やまべ》を＊去り難《がた》み木《こ》のもとごとに心をぞやる」（躬恒集）とも詠み、行きも帰りも春の山辺を立ち去り難いので、桜の木の下を通るごとに心を慰めるという。いずれも桜の花の下で、その美しさに魅了され、なかなか立ち去る気になれないと思う心情が伝わってくる。

　兼好の歌は、躬恒の歌と着想が近いものの、人に知らせるわずかな時間さえも惜しいという切り口から詠んでいる。ここに、見つけた桜をずっと賞美していたいという思いを込めたのであろう。

＊凡河内躬恒―生没年未詳。三十六歌仙の一人。

＊立つことやすき花のかげかは―「かは」は反語を示す。立つことが簡単な花の陰であろうか、いやそうでない、の意で、上の「だに」と呼応して、春の終りの日はまして名残惜しいことを詠む。

＊去り難み―「み」は原因や理由を示す接尾語。さりがたいので。

24

朝まだき曇《くも》れる空を光にてさやけく見ゆる花の色かな

【出典】兼好法師集

朝早くまだ曇っている空のかすかな明るさによって、はっきりと際立って見える桜の花の色の美しさであることよ。

【詞書】朝曇りの空いとおもしろし。

朝曇りの空がとても趣《おもむき》深いことを詠んだ歌である。詞書「朝曇りの空いとおもしろし」の「おもしろし」は、心ひかれるような趣のある意をいう。この歌は、早朝の曇り空のほのかな明るさをバックに、くっきりと際立って見える桜の花を賞美している。「曇れる」空とは対照的に「さやけく」見える桜の色を作り出す景色を表現する。

「朝曇りの空」に咲く花の風情《ふぜい》をもう少し追ってみよう。「紫の藤《ふじ》咲くころの朝曇り常より花の色ぞまされる」（風雅《ふうが》集・春歌下）では、紫色の藤の花が咲く頃の朝曇りの空を背景に、通常の晴天よりいっそう花の色が優《すぐ》れて見えるという。朝曇りの空を背景に、花の色が引き立って見えるという点は、兼好の歌に類似している。あまり晴天すぎては花の色が打ち消され、逆に暗すぎては際立たないのであろう。

ただし兼好の歌は、藤ではなく桜の花の美しさを詠む。和歌における桜の色は白がイメージされる。つまり早朝の曇り空のうっすらとした明るさが、桜の花の白さをひときわ美しく見せる情景を生み出すというのである。朝曇りの空は、『枕草子』の冒頭「春はあけぼの」にいう、日の出前の空がほのぼのと明け始める頃に近い風情を想起させる。

兼好の歌は、どちらかというと、「春はただ曇れる空の曙《あけぼの》に花は遠くて見るべかりける」（玉葉《ぎょくよう》集・春歌下）のように、春はただもう曇っている空がほのぼの明け始める頃に、桜の花を遠くから見るのが一番だ、とする着想との近さが感じられる。

機会があれば、兼好が見たのと同じ頃合《ころあい》に桜の花を見て、その色の美しさを賞美してみたいものである。

＊風雅集―一三四七年、光厳院が撰した勅撰和歌集。古今集から十七番目にあたる。

＊枕草子―平安中期の随筆。作者は清少納言。

＊玉葉集―一三一二年、京極為兼が撰した勅撰和歌集。古今集から十四番目にあたる。

25

咲きにほふ藤の裏葉《うらば》のうらとけて影ものどけき春の池水

【出典】兼好法師集

色美しく咲いている藤の花がうちとけて、のどかに影をうつしている春の池水よ。

うららかな春、美しい藤の花が池水《ちすい》に影をうつしている——、そんな情景が描けてくる歌である。

第二・三句は、『源氏物語』の「藤裏葉《ふじのうらば》」の巻名の由来ともなった、「春日さす藤の裏葉のうらとけて君し思はば我もたのまん」（後撰*《ごせん》集・春下）を踏まえる。藤の花の宴において内大臣《ないだいじん》がこの歌を口ずさみ、夕霧《ゆうぎり》に娘の雲居《くもい》の雁《かり》との結婚を認め、心うち解けてあなたが思ってくださるのなら、私も信

【詞書】菩提樹院の藤見にまかりて。

＊後撰集—九五一年、宮中に和歌所を置き、源順ら五名（梨壺の五人）が撰した勅撰和歌集。古今集から二番目にあたる。

頼申し上げます、という思いを伝えた。「藤の裏葉の」は「うらとけて」に掛かる枕詞で、「裏葉」とは「末葉」とも表記し、先端の葉のことだが、「うら」を導いている。「うらとけて」は「心解《うらと》けて」で、心がうち解ける意である。この「藤の裏葉のうらとけて」を踏まえ、兼好の歌では藤を擬人化《ぎじんか》し、池の水にうちとける藤の情景を表現している。「にほふ」は、古語《こご》では色美しく輝く意であり、ここでも色美しく見事に咲き誇っている藤を表していよう。

この歌に詠まれる藤は、菩提樹院《ぼだいじゅいん》の藤である。菩提樹院とは、*後一条《ごいちじょう》天皇の菩提を弔《とむら》うため、その母である*藤原道長《みちなが》の娘彰子《しょうい》が建立《こんりゅう》した寺院であった。山城国、現在の京都市左京区吉田神楽岡《かぐらおか》町に、今日も菩提樹院陵が伝えられる。

兼好は、こうした由緒ある菩提樹院へ藤を見に出向いたのであった。平安時代の歴史物語『*今鏡《いまかがみ》』「敷島《しきしま》の打聞《うちぎき》」の一節には、「菩提樹院といふ山寺にある僧房の池の蓮《はちす》に」とあり、古くから池があったことがうかがえる。その池の脇に藤が咲き誇っていたのだろう。池に映る藤の美しい情景に魅了されながら、この歌を詠んだことであろう。

*後一条天皇―一条天皇の第二皇子。第六十八代天皇。（一〇〇八―一〇三六）。二十九歳。

*藤原道長―摂関制最盛期をほこった関白。（九六六―一〇二七）。六十二歳。

*今鏡―平安末期の歴史物語。十巻。作者未詳。

26

湊川《みなとがは》散りにし花の名残《なごり》とや雲の波たつ春の浦風《うらかぜ》

【出典】兼好法師集

湊川には、散った桜の花の名残としてでしょうか、春の浦風に吹かれて白い雲の波が立っていることよ。

【詞書】御子左中納言《二条為定》家にて、春風。（為定邸で行われた歌会。）

湊川には「雲の波」が立っているという。これを桜の花の名残、すなわち白い桜の花びらを浮かべた波と見ている。

桜の花を白雲に見立てる詠法は、最もポピュラーな和歌の詠法の一つである。和歌で雲といえば白雲、桜の花も白がイメージされ、この白い雲と桜の花の白さが似ていて見間違えるという発想である。

また、和歌では「白波」がよく詠まれるように、波立ちも白がイメージされる。つまり、この歌では細かく飛び散る水しぶきを「雲の波」と表現し、その白さを桜の花びらの名残としたのである。

初句に詠まれる湊川は、摂津《せっつ》国を流れる川で、明治時代に川道が変わったが、以前は現在の神戸市の六甲山《ろっこうさん》を源に、南下して大阪湾に注いでいた。この湊川は、入り江に注ぐ川であった。入り江は、海岸の一部が陸側に入り込んでできた地形である。

そして「春の浦風」が詠まれるが、この「浦風」は、海辺を吹く浜風《はまかぜ》である。よって、ここでは「湊川」を詠むことにより、散った桜の花びらが「湊」に行き着くという情景が設定されている。こうした発想は、兼好以前にも「散る花の流れていづる湊川いづくか春の泊まりなるらむ」（*法印珍誉《ほういんちんよ》集）と詠まれている。「泊まり」には、港、及び最後の落ち着き場所の意があり、やはり「湊」に行き着くという発想が背景にあろう。

なお、余談だが、この湊川は延元元年（建武三年・一三三六）、足利尊氏・直《ただ》義《よし》の軍が、新田義貞《にったよしさだ》・楠木正成《くすのきまさしげ》の軍を破った湊川の戦いの舞台となったことで知られる。この歌の詠まれた時期は明らかでないが、湊川の戦いがあったのは、兼好が五十四歳の頃であった。

＊法印珍誉集—鎌倉前期から中期頃の僧・歌人である珍誉が撰した私家集。

27

大原《おほはら》やいづれおぼろの清水《しみづ》とも知られず秋は澄《す》める月かな

【出典】兼好法師集

大原のおぼろの清水を訪ねてみると、どこもおぼろでなく、いったいどこがおぼろの清水かわからないくらい秋の月が澄みわたっていることだよ。

「秋の夜、おぼろの清水を訪ねて」詠んだ歌と詞書にいう。「おぼろの清水」とは、山城国の歌枕で、愛宕《あたご》郡大原、現在の京都市左京区大原にあった泉である。この名は、大原の寂光院《じやつこういん》に隠棲《いんせい》した*建礼門院《けんれいもんいん》が、朧月夜《おぼろづきよ》に姿を映した清水にちなむと伝えられる。

この「おぼろ」に、春の季語で月影がかすんでぼんやり見える意の「おぼろ」を掛けている。春の「おぼろ」と、秋の「澄める月」とを対照させ、

【詞書】秋の夜、おぼろの清水を訪ねて。

*建礼門院―平徳子《たいらのとくこ》。(一一五五―一二一三?)。高倉天皇の中宮で安徳天皇の母。父は平清盛。平氏の滅亡後、出家して大原の寂光院に隠棲した。

「おぼろの清水」は秋の月が澄みわたっていて、どこが「おぼろ」かわからない、と興じた歌である。

和歌における「おぼろの清水」の「澄《す》める月」のイメージは、*良暹《りょうぜん》法師が大原に隠棲した折、*素意《そい》法師と交わした贈答歌の影響が大きい。

素意法師は、良暹法師に「水草《みくさ》ゐしおぼろの清水底澄みて心に月の影は浮かぶや」（後拾遺《ごしゅうい》集・雑三）という歌を贈った。水草の茂ったおぼろの清水の水底が澄むように、あなたの心にも月の姿が浮かんでいますか、と出家の様子を尋ねたのである。水草に煩悩《ぼんのう》を暗示し、悟《さと》りを得ることを月にたとえている。

対する良暹法師の返歌は、「ほどへてや月もうかばむ大原やおぼろの清水すむ名ばかりぞ」（同）であった。時がたてば月の姿も浮かぶでしょうが、今は大原のおぼろの清水が澄むのも、私が大原に住むのも名ばかりだとして、まだ修行《しゅぎょう》が浅い身であることを返事したのである。

兼好は、良暹法師の、おぼろの清水が澄むのは名ばかりだ、と詠む返歌を念頭に置きながら、これとは逆に、月が澄んでいてどこがおぼろか分からないとする着想を得たのであろう。

*良暹法師―平安中期の歌人・僧。生没年未詳だが、一説に康平年間（一〇五八〜六五）に六十代で没したという。

*素意法師―平安中期の歌人・僧。（?―一〇九四）。

28

冬枯《ふゆが》れは野風《のかぜ》になびく草もなく氷《こほ》る霜夜《しもよ》の月ぞ寂しき

【出典】兼好法師集

冬枯れとなった野には野風になびくような草もなく、氷るような霜置く夜の月がただ寂しく照っていることです。

【詞書】ある人のもとにて、各々五首の歌詠みしに、野外冬月。

（「ある人」は、『草庵集』「御子左大納言家五首」の題の一致により、二条為定。）

「野外の冬の月」を詠んだ歌である。「冬枯れ」は、冬に草木の葉が枯れることで、冬景色の寒々しく寂《さび》しい様子を表す。和歌などに多く取り入れられ、中世人の好んだ美意識の一つである。

上句では、野風になびく草もない、草木が枯れた冬の野の情景が映し出される。そして下句からは、そこに氷りつくような霜夜の月が寂しく光を放つ情景が浮かんでくる。「氷る霜夜の月」は、「鳴きわたる鶴のひと声空さえて氷る霜夜の月ぞふけゆく」（*中書王御詠《ちゅうしょおう》）のように、もの寂しい荒涼とした夜の情景がイメージされる。

兼好の冬枯れに対するイメージはどのようなものであったか。それは、『徒然草』十九段にうかがうことができる。冒頭で、四季の変化はその折々の風物につけて情趣《じょうしゅ》があると語る。そして「冬枯れ」の景色は、秋に比べてほとんど劣るまいと述べ、「冬枯れ」の景を賞美する。そして「すさまじきものにして見る人もなき月の寒けく澄める、廿日《はつか》あまりの空こそ、心細きものなれ」と語り、殺風景《さっぷうけい》で興《きょう》ざめなものとして、見る人もいない月が寒々と澄みわたる二十日過ぎの空は、もの寂しいものだという。

『徒然草』にいう「冬枯れ」の「月の寒けく澄める」空の「心細き」イメージは、この歌の「冬枯れ」の「氷る霜夜の月」の「寂し」いイメージと響き合う。両者は共に、寒々とした月夜のもの寂しさをとらえており、まさしく「冬枯れ」の美意識にもとづく発想といえる。中世人が好む寂寥《せきりょう》とした冬の美意識を、兼好も敏感に感じ取っていたのだろう。

*中書王―宗尊《むねたか》親王。後嵯峨天皇の皇子。鎌倉幕府の第六代将軍。（一二四二―一二七四）。三十三歳。

29

春近き鐘の響きの冴《さ》ゆるかな今宵《こよひ》ばかりと霜や置くらん

【出典】兼好法師集

春も近くなって鐘の響きが冷たく澄んで聞こえるよ。十二月の大晦日《おおみそか》に、せめて今宵だけと冬の霜が置いているのであろうか。

【詞書】師走《しはす》の晦日《つごもり》、あはれなることども思ひ続けて、うちもまどろまぬに、鐘の音いと心細し。

年の終わりの大晦日、しみじみとした情趣などを思い続けて、うとうと眠りもしない折に、除夜《じょや》の鐘の音《ね》がとても寂しく聞こえるので詠んだ歌という。

初句で「春近き」と表現するのは、当時の暦《こよみ》の上では、十二月の末日をもって冬が終わり、翌日の一月一日から春となるためである。具体的には十月から十二月までが冬、一月から三月までが春とされた。冬も最終日となる大晦日、せめて今宵《こよい》だけと霜が置く、という発想である。

歌に詠む「冴ゆる」は、「冴える」に同じで、しんしんと冷えることをいう。ここでは、鐘の音が冷たく感じるほど澄《す》んで聞こえることを意味している。

この歌は鐘の響きと霜を詠み込んでいる。これは、霜が降ると鐘が鳴るという、唐の国における豊嶺《ほうれい》の鐘の故事《こじ》を踏まえている。その故事とは、「豊嶺ニ九鐘有リ、秋霜降レバ則チ鐘鳴ル」（山海経《せんがいきよう》）というもので、豊山にある九鐘は、霜が降りるのに感応《かんのう》して鳴るという。これを踏まえた歌として、例えば「高砂の尾上《をのへ》の鐘の音すなり暁かけて霜や置くらん」（千載《せんざい》集・冬歌）があり、鐘の音がほのかに聞こえてくるのは、初霜がほんの少し置き始めたからだろうか、と詠んでいる。

兼好の歌は、一年の終わりに聞こえる、冷たく澄んだ除夜の鐘の情趣を、故事《こじ》を踏まえて表現している。当時は、夜が明けてから日付が変わるとされていたため、除夜の鐘が聞こえる夜中は、まだ年が明けない大晦日の時分である。感慨深く情趣などを思い続けたその夜、鐘の音を聞きながらいろいろなことを思い起こしていたのだろう。

30

高砂《たかさご》の尾上《をのへ》を出《いづ》る月だにもさのみはまつにさはるものかは

【出典】兼好法師集

高砂の尾上を出る月でさえも、そう何度も尾上の松に妨げられることはないでしょう。私がこれだけお待ちしているのに、お差し支えがあっておいでにならないあなたと比べると。

【詞書】九月十三夜、大覚寺二品親王より召されし三首歌に、寄月待恋。（大覚寺二品親王は亀山天皇の皇子、寛尊法親王。）

「高砂の尾上」は播磨《はりま》国加古《かこ》郡の歌枕で、現在の兵庫県高砂《たかさご》市を流れる加古川の河口付近という。ここは「尾上の松」で名高く、景物としてその松が詠み込まれることが多い。尾上の松は、河口のすぐ東側となる加古川市の尾上神社境内にあったという伝承がある。

一方、「高砂」は砂が盛り上がって高くなった砂丘、「尾上」は山の高い所という普通名詞の意がある。よってこの歌の「高砂の尾上」を単に高い山の山頂と解し、歌枕としない説もある。

ただし、この歌の「まつ」に「松」と「待つ」を掛け、「高砂の尾上」と「松」を詠み込んでいて、容易に高砂の尾上の松が導けることから、ここでは歌枕だと解しておこう。

この歌の題は「月に寄せて待つ恋」である。この題に基づき、松に妨《さまた》げられない高砂の尾上の月によせて、差し支えがあって逢ってくれない想《おも》い人を待ち続ける恋を詠んだのである。なかなか逢ってくれない恋人をずっと「待つ」自身の身と対照的に切り込んで、月でさえもそんなに「松」に妨げられることはないのに、という思いをうちあけ、面白《おもしろ》みを感じさせる歌である。

ところで、兼好と同時代を生きた二条良基《よしもと》*の著作『近来風体抄《きんらいふうていしょう》』*は、兼好が少々「俳諧《はいかい》の体《てい》」を詠んだと伝える。俳諧とは、「滑稽《こっけい》」の意であるが、俳諧歌《はいかいか》を略して俳諧ともいい、和歌の一体である。俳諧歌は、縁語や掛詞、また擬人法《ぎじんほう》や卑俗な語句などを用いて、用語や内容に滑稽味を出した歌をいう。兼好は、とりたてて俳諧を得意とした歌人ではないが、良基が言うように、その雰囲気を漂わせるような歌はいくつか認められる。この歌もそれに通じるような滑稽さを漂わせているとみてよかろう。

＊二条良基―鎌倉末期から南北朝末期の公卿・歌人・連歌師。(一三二〇―一三八八)。六十九歳。
＊近来風体抄―兼好の歌ついて、「ちと俳諧の体をぞ読みし。それはいたくの事もなかりしなり」と記す。

31

いかでわれ無漏《むろ》の国にも生まれ来《こ》で有為《うゐ》の苦《く》または受けつくすらむ

【出典】兼好法師集一七

どうして私は煩悩のない国にも生まれてこないで、またもや無常の苦しみをもらさず受けるのでしょう。

【詞書】五条猪熊といふことを隠して。

この歌は、「無漏」や「有為」という仏教用語が目につく。「無漏」は有漏《うろ》に対する語で、煩悩《ぼんのう》のないこと。続く「生まれ来《こ》」は「生まれ来《く》」の未然形で生まれてこない意である。否定＋否定で、結局肯定の意となり、輪廻《りんね》して煩悩に満ちた有漏の国に生まれたことを意味する。

一方、「有為」は無為《むゐ》に対する語で、簡単に言えば無常《むじょう》なるものの意であり、再び無常という有為の苦しみを受けていることを詠んでいる。この「有

＊輪廻―生あるものが三界六道の迷いの世界に生死を繰り返すこと。

為」は、「色《いろ》は匂《にほ》へど」で始まる「いろは歌*」の一節「有為*《うゐ》の奥山《おくやま》」の「有為」に同じである。

さて、この歌の面白《おもしろ》い点は、実は別の所にある。詞書に「五条猪熊《ごでうゐのくま》といふことを隠して」とある。「五条猪熊」とは、京都の五条通りと大内裏《だいだいり》の東側を南北に通る小路が交差する辺りをいう。「隠して」とは、隠し題として詠んだ歌をいう。隠し題とは、その名のごとく題の詞を表面に出すことなく句の中に詠み込むことである。言いかえれば、歌や句の意味とは関係のない物の名を詠み込んだもので、物名歌《ぶつめいか》に同じである。

それでは、この歌の三・四句辺りに注目してみよう。「五条猪熊」は、まさしく「こで有為《うゐ》の苦《く》ま」の部分に隠されている。歌の一部に詠み込まれており、やはり句の意味とはまったく関係ないことが分かる。

このように、物名歌は、和歌の一部から意味のある隠された言葉が導き出される。現代で例えればなぞなぞを解くかのような、言葉遊びの面白さが和歌にも存在したのである。物名歌は、いわば和歌における言葉遊びの一つであり、いろいろと苦心し、また思わぬ発見をしながら隠し題を作ったことであろう。兼好もこうした歌*を作っていたのである。

*いろは歌―平仮名四十七文字の各一字を一回ずつ使って作った今様歌。

*有為の奥山―無常のこの世の中を、越えにくい深山にたとえたもの。

*こうした歌―04や05の沓冠の歌なども言葉遊びの歌。

32

寂しさもなぐさむものは四緒《よつのを》の月待つほどの調べなりけり

【出典】兼好法師集

この寂しさがあっても、一方で慰められるものは、月の出を待つ間にかきならす琵琶の調べなのだなあ。

【詞書】小野続松《つぎまつ》を隠して。

前の歌に続き、もう一つの物名歌をみてみよう。

詞書に「小野続松《つぎまつ》を隠して」とあることから、この歌は「小野続松」を隠し題として詠んだ物名歌である。続松とは、松を細く切り取って束ね、燃やして照明に用いるもので、松明《たいまつ》の一種をいう。この歌の三・四句辺りに注目してみると、「緒《を》の月待つ」の部分に、隠された「小野続松」が見えてくる。

一方、和歌に詠む「緒」とは、ここでは楽器に張る弦《げん》をいう。そして、

「四緒」とは、琵琶《びわ》のことであり、琵琶の弦が四つであることにちなんだ異称である。

兼好は、月の出を待つ間、琵琶の音色《ねいろ》がその寂しい心を慰めてくれると詠んでいる。琵琶の音に対する兼好の心持ちについて、少し探ってみよう。

『徒然草』第二百三十二段*では、ある人のもとで琵琶法師*の語る物語を聞こうとした時のエピソードを語っている。琵琶を伴奏に物語を聞く機会があったようである。

また、『徒然草』第十六段*では、楽器の音で「常に聞きたきは琵琶・和琴《わごん》」であると述べている。和琴とは日本古来の琴であるのに対し、琵琶は中国より日本に渡来してきたものである。常に聞きたいというほどの楽器の一つに琵琶を挙げており、和琴とともに琵琶の音によせる深い思いがあったことを告げている。

「四緒」の「緒」の字を含む物名歌を見出したのは、琵琶に対する、関心の高さが背景にあったためかもしれない。そんな想像をかきたてる一首である。

*第二百三十二段―また、或《ある》人の許《もと》にて、琵琶法師の物語を聞かんとて琵琶を召し寄せたるに、柱《ぢゆう》の一つ落ちたりしかば、「作りて附けよ」と言ふに、(以下略)

*琵琶法師の語る物語―『平家物語』など。平曲。

*第十六段―おほかに、ものの音には、笛・篳篥《ひちりき》。常に聞きたきは、琵琶・和琴。

33

世の中のあき田かるまでなりぬれば露も我が身も置きどころなし

【出典】兼好法師集

世の中は秋の田の稲を刈り取るころまでになってしまったので、稲葉におく露も俗世を厭《いと》い離れようと思う私も、これからは身の置き所がないことよ。

【詞書】世の中思ひあくがるる頃、山里に稲刈るを見て。

兼好は、出家《しゅっけ》していたことで知られる。出家とは、俗世間の生活を捨てて僧となり、仏道修行《ぶつどうしゅぎょう》することである。出家にまつわる彼の歌は数多く残されているが、この歌は出家前の心情を詠んだもの。

詞書に、「世の中思ひあくがるる頃、山里に稲刈るを見て」詠んだ歌という。「あくがる」とは、あるべき場所を離れることをいい、また気持ちが落ち着かないことを意味する。兼好は出家前、俗世《ぞくせ》にいると心が落ち着かず、今いる俗世から逃れたいという思いをめぐらしていたのである。

この歌を解するためのポイントは、歌に詠まれる「あき」と「かる」にある。「あき」は「秋」と「飽き」の掛詞、「かる」は「刈る」と「離《か》る」の掛詞である。世の中が「秋」の田を「刈る」ことに、自分が俗世を「飽き」て「離る」ことを込めたのである。

この掛詞を用いながら、これまで稲の上に置いていた露は、刈り取られる秋になったらもう露の置き所がないように、これから俗世を厭《いと》い離れようと思う私も身の置き所がないと詠んでいる。出家前の兼好が、その後の自分の身の上を、露にたとえたのである。露ははかなく消えてしまうことから、はかなさが象徴される。

兼好が出家に踏み切ったのは、正和二年(一三一三)九月一日、三十一歳以前のある時期であった。この日、山科《やましな》小野庄内の田を買い取ったことを記す文《もん》書《じょ》には、「兼好御房《ごぼう》」と書かれている。御房は僧を敬《うやま》って呼ぶ語である。したがって、これ以前に出家していたことが分かるのである。なお、この九年後には、同庄内の田を売っている。出家の後、身の置き所がなくなると詠んだ兼好だが、出家してもなお、私領の田を持っていたようである。

34

思ひたつ木曽《きそ》の麻布《あさぬの》あさくのみそめてやむべき袖の色かは

【出典】風雅和歌集・雑歌・一八五五／兼好法師集

決意して遁世したからには、木曽の麻布を浅く染めた程度に、いい加減に済ませられるようなものでよいのか。いや、仏道の志を深めていかねばならないのだ。

【詞書】世を逃れて木曽路といふ所を過ぎしに（兼好法師集）。世を逃れて木曽路といふ所を過ぎ侍るとて（風雅集）。

遁世《とんせい》して木曽路という所を通った時に詠んだ歌である。木曽路とは、かつての中山道《なかせんどう》の一部、信濃国から美濃国に通じる道で、現在の長野県南西部の鳥居峠《とりいとうげ》付近から岐阜県との境となる馬籠《まごめ》峠に至るまでの路をいう。

この歌は、兼好の歌の中でも技巧をこらした一首である。「木曽の麻布」は、木曽地方特産の麻で作られた着物で、「あさく」を導く序詞《じょことば》となる。「あさ」の同音を反復させ、「麻布あさく」と詠むのである。また、初句「思ひたつ」の「たつ」には、布を断つ意の「絶つ」と、遁世を思い立つ意の「立つ」を掛ける。そして、「たつ」「そめ」「袖」は、「麻布」の縁語である。

このように、和歌の技法を多く用いながら、出家への意志を詠んでいる。歌の末尾「かは」は反語《はんご》で、「遁世をいい加減なままやめてよいだろうか。いや、そうではない」という遁世への決意を確認する意が込められている。

この歌を声に出して詠んでみよう。すると、サ行の「さ」や「そ」の音がリズミカルに繰り返され、音の余韻《よいん》が残る。サ行音の多さは、歌の調子に強みを与える効果がある。あたかも遁世への決意を後押ししているかのようである。

遁世して木曽路という所を通ったと詞書に言っているものの、この地でどう過ごしたかは定かでない。ところが『吉野拾遺物語《*よしのしゅうい》』は、この歌を挙げて、兼好が木曽に草庵《そうあん》を結んでしばらく住んだと伝えている。この話は、おそらく後世における兼好伝の享受のなかで脚色された話であろう。また、兼好の墓の一つとされるものが木曽に伝わっているが、これも歌の影響が大きく関わっていよう。

*吉野拾遺物語―南北朝前期の説話集。編者は未詳だが藤原吉房かとも。三巻本・四巻本は後人の増補といわれ、偽書と見られている。

35

住めばまた憂《う》き世なりけりよそながら思ひしままの山里もがな

【出典】新千載和歌集・雑歌・二二〇六／兼好法師集

世を逃れて、いざ山里に住んでみると、ここもまたう憂《う》くつらいところであったことだよ。出家以前から思い描いていた通りの山里があったらなあ。

【詞書】世をのがれての比《ころ》よみ侍りける（新千載集）。心にもあらぬやうなることのみあれば（兼好法師集）。

出家の望みを果たし、俗世を離れて山里に移り住んだ兼好だったが、この歌では出家後の憂くつらい心情を吐露している。

『新千載集《しんせんざい》』に入集するこの歌の詞書は、前の歌の詞書がかかり、「世をのがれての比《ころ》よみ侍りける」である。この歌の内容からも、俗世を逃《のが》れて間もない、出家直後の心情を詠んだ歌と見てよかろう。

『兼好法師集』の詞書には、「心にもあらぬやうなることのみあれば」とあり、心に思ってもないようなことばかりあるので詠んだ歌という。歌では、いざ出家してみると、思い描いていた理想に反することばかりが生じたという状況を正直にうちあけている。

そもそも山里に住む意図《いと》は何か。俗世間を逃れて静かに住むことを隠棲《いんせい》といい、隠棲して煩《わずら》わしい俗世間から離れることを遁世《とんせい》という。兼好も、出家の身となって俗世を断ち切り、修行に励《はげ》むため、山里に住もうと決意したのであろう。しかし、現実は理想と異なっていたという。

兼好の隠棲地は、比叡《ひえい》山奥の地横川《よかわ》などが知られるが、この歌には特に記《しる》されていない。『吉野拾遺物語』は、この歌の一つ前の「思ひたつ」で始まる歌と共に挙げ、この歌の山里とは木曽の霧原山《きりはらやま》であるという。そして、兼好が出家後にここで庵を結んだものの、国守《こくしゅ》が衆を率《ひき》いてやって来て一日中狩猟を行い、喧騒《けんそう》がすごかったため詠んだ歌だと伝える。しかし、これはやはり歌をもとに形成された伝承であろう。

ただ、この内容を踏まえてみると、俗世を逃れて山里に住み、一人静かに修行に専念するはずが、人が来て騒がしく、これでは山里に来た意味がない、と嘆く兼好の様子が思い描ける。興味を誘う歌だといっていい。

36

いかにしてなぐさむ物ぞ世の中を背《そむ》かで過ぐす人に問はばや

【出典】新千載和歌集・雑下・二〇〇四／兼好法師集

どのようにして心を慰めているのかと、遁世しないで世を過ごしている人に尋ねたいものだ。

【詞書】修学院といふ所にこもり侍りしころ（兼好法師集）。
題しらず（新千載集）。

兼好が、修学院《しゆがくいん》に籠居《ろうきよ》した頃に詠んだ歌である。修学院とは、山城国愛宕《あたご》郡（京都市左京区）、比叡山《ひえいざん》南西の麓《ふもと》にあった寺で、今はその跡に修学院離宮がある。籠居の時期は、正和四年（一三一五）、兼好三十三歳の頃とみられる。

この歌は、『兼好法師集』に同じ詞書で四首収めるうちの最後に置く歌である。この歌を除く三首*は、全《すべ》て「逃《のが》れ」を詠み込み、遁世して俗世を逃れた兼好の心情が表現されている。

*三首
・逃れても柴《しば》の仮庵《かりほ》の仮の世に今いくほどかのどけかるべき

この三首の内容を追ってみよう。最初の歌は、遁世して柴《しば》で葺《ふ》いた粗末な庵に仮の宿として住む身であっても、はかない仮の世をどれほどのどかに過ごせることかという。二首目では、遁世の身になってはじめて、憂《う》き世にも物事が思い通りになる例《ためし》もあることが分かったという。そして三首目は、身を隠すところといっても、この憂き世以外にはないが、とにかく心だけは憂き世から逃れたことだという。いずれの歌も、ともかく俗世をついに逃《のが》れて遁世《とんせい》を果たしたのだ、という心境から発せられた、兼好の遁世後の実感が伝わってくる。

続く四首目となるこの歌では、遁世していない俗世間の人に心の安らぎがあるかどうか、尋《たず》ねたいという。前の三首までと違って、遁世を果たした兼好の立場から、対する俗世の人にまで目を向けている。遁世を遂げた側の身となった兼好は、ついこの間まで俗世にいたことが、すっかり過去の話となっているかのようである。

この時、兼好の心中はようやく満足感で満たされていたのであろう。出家という望みを遂げた当初の感慨《かんがい》がしみじみと伝わってくる歌である。

・逃れこし身にぞ知らるる憂《う》き世にも心にもののかなふ例《ためし》は

・身を隠す憂き世のほかはなけれども逃れしものは心なりけり

37

山里に訪《と》ひくる友もわきて猶《なほ》心をとむる人は見えけり

【出典】兼好法師集

この山里に訪ねて来る友の中にも、ここでの生活についてとりわけ深く心をとめてゆく人がいたのだった。

【詞書】山寺に念仏してゐたるに、都《みやこ》よりたづねくる人の中に、若き男のいとねんごろに物語りして、「かかる住まひは、いとたつきなしや」「なに事かしのび難《がた》き」などとふは、思ふ心ありてやとみゆるもあはれにて。

兼好が山里に住んでいた折、訪ねて来る友について詠んだ歌である。その中でも、この歌では若い男に焦点をあてている。

兼好は、山里の生活について尋ねる男の様子を、詞書に詳細に記している。山寺で念仏していた時に、都から訪ねて来る人の中に、若い男がとても細やかに話をして、「このような住まいは、不便ですか」「どのようなことが我慢し難いですか」などと問うのは、出家して山里に住む気持ちがあってなのか、と見えるのもしみじみと感慨深いので詠んだ歌という。

兼好は、山里の住まいについて具体的な質問をしてくる若い男の様子から、その男の出家の意思を読み取り、深い感動を覚えたようである。若い男であるという点が、何より兼好の心を打ったのであろう。

『徒然草』第四十九段*冒頭において、「老《お》い来《きた》りて、始めて道を行《ぎやう》ぜんと待つことなかれ。古き墳《つか》、多くはこれ少年の人なり」といい、老年になってから仏道修行をするのでは遅いと解く。若くして出家を志《こころざ》すのは、兼好の理想とするところであった。

この歌の経緯《けいい》を記す詞書の内容は、『兼好法師集』の中でも特に長めである。兼好は、家集の編纂《へんさん》方針を記す「家集事」の中に、「詞事《ことばのこと》」という詞書に関する項目を立てており、「日記」や「物語」などのように長く書き続くことを述べている。この歌の詞書は、その方針に添っており、若い男の発言を交えながら詳細に綴《つづ》っている。

この若い男の訪れが、兼好の心を強く揺り動かすような忘れ難い出来事として鮮明《せんめい》に心に刻まれたからこそ、詞書も詳しいのかもしれない。何より、兼好が深い感銘を受けた出来事の一つであったに違いない。

*第四十九段—老い来りて、始めて道を行ぜんと待つことなかれ。古き墳、多くはこれ少年の人なり。はからざるに病を受けて、忽《たちま》ちにこの世を去らんとする時にこそ、始めて、過ぎぬる方《かた》の誤れる事は知らるなれ。（以下略）

38

年ふれば訪《と》ひこぬ人もなかりけり世の隠れ家と思ふ山路《やまぢ》を

【出典】兼好法師集

年月が経つと人の訪れが多くなり、もはや山路を分けて訪ねて来ない知人もいないほどだなあ。世の隠れ家と思っている山の中なのに。

【詞書】人に知られじと思う頃、ふるさと人の横川まで訪ね来て、世の中のことども言ふ、いとうるさし。

俗世間を逃れて比叡山《ひえいざん》の横川《よかわ》に隠棲《いんせい》する期間が何年か続いた頃の歌である。兼好の横川隠棲の時期は定かでないが、元応二年（一三二〇）、三十八歳の頃かといわれる。

横川は、滋賀県大津市にある比叡山延暦寺《えんりやくじ》の三塔の一つである。東塔《とうとう》の根本中堂《こんぽんちゆうどう》の北方から約七キロのところにあり、修行地として知られる所である。

詞書には、人に知られまいと思う頃、故郷の人が横川まで訪ねて来て、世間のことなどを言う、それがとっても煩《わずら》わしいことと思って詠んだ歌という。兼好が横川に住み始めた頃は、それを知る人も少なく、訪ねる人もそれほどなかったのだろう。ところが、時が経つにつれて、知人が多く訪ねて来るようになってしまったようである。兼好と親しかった頓阿《とんあ》も、横川に訪れた一人だったのだろうか。横川かどうかは明らかでないが、頓阿の歌に、*兼好の「庵室《あんしつ》」に行って詠んだ歌が残される。

このように、知人が山里にやって来る煩《わずら》わしさを詠んだ兼好の歌は、他にもある。詞書に、山里での住まいもだんだん年を経たことを詠んだとする、「寂しさもならひにけりな山里にとひくる人の厭《いと》はるるまで」（兼好法師集）である。山里に訪ねてくる人が厭《いと》わしく思われるほど、ここに住む寂《さび》しさにも慣れてしまったという。「年ふれば」の歌と状況がよく似ていることから、この「寂しさも」の歌も横川での隠棲の折の歌と見てよかろう。

この歌は、横川での隠棲を詠む歌が『兼好法師集』に三首続けて収められる中の最初の歌にあたる。注目されるのは、続く歌から、この心情が揺れ動いていくことである。引き続いてそれをみていこう。

＊頓阿の歌―時雨《しぐれ》する雲の絶え間を行く月の早くも暮るる秋の空かな（草庵集・秋歌下）。詞書は「兼好庵室にまかりて歌よみ侍りし時、暮秋月」。

39

山里は訪《と》はれぬよりも訪《と》ふ人の帰りて後《のち》ぞ寂しかりける

【出典】兼好法師集

山里は、人に訪ねられないことよりも、訪ねる人がいて、その人が帰った後こそ、本当に寂しいものなのだなあ。

【詞書】されど、帰りぬる後、いとさうざうし。

「されど、帰りぬる後、いとさうざうし」。横川《よかわ》での隠棲を詠む三首中の二首目の歌の詞書である。

前の歌では、横川に隠棲しているというのに、人が訪ねて来る煩わしさをいっていた。ところが、この歌の詞書は、そうではあっても、人が帰って行った後は、とても物足りない感じがすると詠んでいる。

詞書の「さうざうし」は、漢字をあてると「寂寂し」である。にぎやかさに欠け、物足りない気持ちがするさまをいう。

そして、和歌には「寂し」という心情がそのまま詠まれている。友人が帰り、それまでのにぎやかさから解き放たれ、何となくあるべきものがなくなったような物寂しさを感じた経験、そんな思いに通じている。

いくら隠棲の身であるといっても、いざ人が来て帰ってみると、そこにぽっかりと穴があいたような寂しさを感じていたのだろう。その背景には、人の往来がほとんどない山里の住まいの孤独と寂しさがある。読み人知らずの歌「かねてわが思ひしよりも山里はなれぬる後《のち》ぞさびしかりける」（*新後拾《しんごしゅう》遺《い》集・雑歌上）では、かねて私が思っていたよりも、山里は慣れ親しんだ後こそ本当に寂しいものだと詠む。寂しさは山里に住むほど増すというのである。

普段は静かな山里の住まいも、人が来ると話や物音が増えて、いつもより大きな「音」や「動き」が生じる。人の訪れのない山里での生活に慣れるほど、いざ人が帰った後は、その反動で、より一層の寂しさに襲われたのだろう。まさに詞書の「さうざうし」にその心情を伝えているといえよう。

兼好の寂しさは、続く次の歌で、更につのっていくこととなる。

*新後拾遺集―一三八三年、二条為遠らが撰した勅撰和歌集。古今集から二十番目にあたる。

40

嵐吹くみ山の庵《いほ》の夕暮をふるさと人は来ても訪《と》はなん

【出典】兼好法師集

嵐が吹く夕暮れは、ひときわ寂しい山奥の庵を、故郷の人は訪ねて来て欲しいものだなあ。

【詞書】いかなる折にか、恋しき時もあり。

横川《よかわ》での隠棲を詠む三首中の最後は、どういう折にか人を恋しく思うときもあることを詠んだ歌だと詞書にいう。最後の歌は、人恋しさを思う心情が最もよく表れている。

孤独で寂しさを誘う山里での暮らしは、和歌に多く詠まれてきた。よく知られる歌に、「山里は冬ぞ寂しさまさりける人目も草もかれぬと思へば」(古今集・冬歌)がある。人の訪れも途絶《とだ》え、草も枯れてしまうのだと思うと、

*人目も草もかれぬ—「かれ」は「枯れ」と「離れ」の掛詞となっている。

山里は冬こそ寂しさがいっそう増《ま》さって感じられるという。

和歌における山里の背景には、人の往来に乏《とぼ》しく寂しい地というイメージがある。そしてまた、夕暮れの山里はより寂しさを誘うのである。例えば「さらぬ*だに夕べ寂しき山里の霧のまがきに雄鹿《おじか》鳴くなり」（千載集・秋歌下）では、そうでなくてさえ寂しい夕暮れの山里の、霧の立ち込める垣根の辺りに雄鹿が鳴く情景を詠む。夕暮れ時の雄鹿の鳴き声は、より一層の寂しさを漂わせるのだろう。

山里での夕暮れ時は薄暗く、物寂しさが漂う。兼好の歌は、さらに嵐が加わる。薄暗い夕暮れ時の風雨のふきすさぶ庵に一人寂しく過ごしていると、ひときわ孤独に閉ざされ、人恋しさがよりつのるのである。

これまで横川での隠棲を詠む三首が続き、訪ねて来る人への煩わしさから、人が帰った後の寂しさ、そして人恋しさへと心情が推移した。兼好が横川の山奥の庵で過ごした時に経験した心情の変化が、ありのままに表現されている。

こうした心情変化が共感を誘うとすれば、それは、人間誰もが感じるであろう人恋しさや孤独という心情であるからかもしれない。

＊さらぬだに―そうでなくてさえ。

41

かくしつついつを限りのしら真弓《まゆみ》おきふし過ぐす月日なるらん

【出典】兼好法師集

いつが生命の終わる時とも知らないで、このようにすることもなくただ起きたり寝たりして月日を過ごすのでしよう。

【詞書】三月ばかり、つれづれとこもりゐたる比、雨の降るを。

「三月ばかり、つれづれとこもりゐたる比《ころ》、雨の降るを」詠んだ歌と詞書にいう。「つれづれとこもりゐたる」とは、することもなくむなしく住みかに籠《こも》っていることである。

「つれづれ」といえば、『徒然草』の冒頭、「つれづれなるままに、日ぐらし、硯《すずり》に向かひて」が思い浮かぶ。することもなく時間をもてあます日々に、一日中硯に向かって書いたのが『徒然草』である。『徒然草』を書いた時のように、することもなくむなしく過ごしていた日々のことを、彼は歌にも残すのである。

この歌の本歌となるのが、「手も触れで月日経《へ》にけるしら真弓おきふし夜は寝《い》こそねられね」（古今集・恋歌二）である。「あの人は、手も触れずに長年を過ごしてしまった白真弓のような存在だ。私は、弓を起き伏せするように、夜になっても起きたり臥《ふ》したりで、安らかに眠るどころではありません」と詠み、白真弓までの上句《かみのく》が序詞となって「おきふし」を導いている。

この本歌を踏まえ、兼好の歌も第三句に「しら真弓」を詠む。「しら真弓」は「白真弓」のことだが、この「しら」には「知ら」を掛けている。白真弓は、木肌が白い檀《まゆみ》の木でつくった弓で、弓を起こしたり伏せたりすることから、「おきふし」を導く序詞《じよことば》として用いられる。

本歌は、思いをよせる相手を想い続け、夜も安らかに眠れない心情を詠んだ恋歌である。兼好は、この恋歌を述懐歌《じゆっかいか》に転じ、「白真弓」で「おきふし」を導きながら、することもなくただ起きたり寝たりして過ごしていることを白真弓の様子にたとえて詠んだ。述懐歌とは、このように心中《しんちゆう》の思いを述べる歌をいう。

＊手も触れで――紀貫之の歌。「手の触れで」の「で」は、打消をともなう接続助詞。

42

覚めぬれど語る友なき暁《あかつき》の夢の涙に袖はぬれつつ

【出典】兼好法師集

夢をみて目が覚めたけれど、今みた夢を語る友もいない。明け方に夢をみて流した涙で袖がぬれているばかり。

詞書に、しみじみとした夢を見て目を覚ましたが、語るべき人もいないので詠んだ歌という。「うちおどろき」は、はっと目を覚ますことをいう。「あはれなる夢」とはどんな夢だったのか。

この歌と同じ*詞書で続く歌がある。逢っていないのでもなく、かといってしっかり逢ったといえる程でもない。夢の中ではかなく逢って別れた魂の行方は、目覚めた今、ただ涙にくれるばかり、と詠む。夢をみるのは魂であ

【詞書】あはれなる夢を見てうちおどろきたるに、語るべき人もなければ。

*同じ詞書で続く歌―見ずもあらで夢の枕に別れつる魂《たま》のゆくへは涙なりけり

り、自分の身から遊離《ゆうり》して思う所へ行くと考えられていた。こちらの歌も視野に入れると、「あはれなる夢」とは、親しい人とはかなく逢い、そして別れたもの悲しい夢であったのだろう。

それでは、この歌に詠む「暁の夢」にはどういうイメージがあるだろうか。当時は通《かよ》い婚で、男が女のもとで夜を過ごし、別れる刻限が暁であった。そのため、暁 方《あかつきがた》の別れを詠む歌が少なくない。またその一方、夜を孤独に過ごす独《ひと》り寝の涙を詠む歌も多い。こうした背景を考慮すれば、兼好の夢も恋しい人との逢瀬《おうせ》と離別であったことを想起させる。

ただし、詞書にいうように、この歌では見た夢を語る人がいないという。この歌の主眼は、むしろ夢に見たということを心を通わせて語り合える友もなく、独り涙する孤独感にあろう。友もいない孤独の背景は何か。遁世の身であるため、悲しみを分かち合える友が身近にいないためか。そして、世の中が移り変わり、慣れ親しんだ人が亡くなって行くためか。このことを詠んだ「語る*べき友さへまれになるままにいとど昔のしのばるるかな」（兼好法師集）という歌も残しているから、いずれでもあるのかもしれない。この歌の背景にある兼好の身の上が様々に思い巡《めぐ》らされる歌である。

*語るべき―話し相手になれるような友さえもどんどん少なくなっていくにつれて、いっそう昔のことがなつかしく感じられることだよ。

43

昔思ふ籬《まがき》の花を露ながら手折《たを》りて今も手向《たむ》けつるかな

【出典】兼好法師集

その昔、この堂に住んでおられた小倉の宮のことを思いながら、私も宮と同じように籬の花を朝露のまま手折って、今も仏に供えたことだよ。

【詞書】小倉《をぐら》の宮の住み給ひけるところといふ堂に泊まりて、有明《ありあけ》の月おもしろき曙《あけぼの》に、いろいろの花を折りて仏にたてまつるとて、「月残り露結ばん朝《あした》、籬《まがき》の花を折りて仏界に供せむ」と書かれたるを思ひ出《い》でて。

兼好は、亡き*兼明《かねあきら》親王がかつて住んでいた堂「雄蔵殿《おぐらどの》」に泊まった。そして有明《ありあけ》の月が趣深い明け方に、色々な花を手折って仏に供《そな》えようとした時、兼明親王が書き残した「月残リ露結バン朝《あした》、籬《まがき》ノ花ヲ折リテ仏界ニ供セム」という一節を思い出した。そうして詠んだのがこの歌である。

兼明親王は、兼好より三百年ほど前の人である。兼明親王は、詩文や書に優れる博学多才で前中書王《さきのちゅうしょおう》とも呼ばれ、後中書王《のちのちゅうしょおう》である*具平《ともひら》親王と共に並び称された。兼好は、『徒然草』第六段にも、一族が絶えるのを願った一人として兼明親王の名を挙げている。兼好は、兼明親王に何か特別な思いを寄せていたのだろうか。

兼明親王が残した一節とは、「自筆法華経供養願文《がんもん》」の内容である。籬の花を仏に供えるという行為は、仏の供養を意図していよう。

兼好が兼明親王と同様の行為を行ったのは、「有明の月おもしろき曙《あけぼの》」の頃という。有明の月は、夜明けにまだ空に残っている月で、曙は空がほのぼのと明け始める頃をいう。願文にいう「月残」る「朝」の頃合《ころあい》とほぼ重なるといえよう。

兼好は、兼明親王と同じ頃合に、籬の花を朝露のまま手折って仏に供《そな》えるという同様の行為を行ったのだった。兼明親王の住んでいた堂で、兼好は、まさに同じ行為を追体験したことになる。歌には「今も」と詠んでおり、かつて兼明親王が行った行為を、親王の亡《な》き時代になってもなお、兼好によって同様に行われたことが強調される。

籬の花を仏に供えるという行為には、兼明親王への追慕《ついぼ》が重ねられていたかもしれない。兼好による情趣の深い体験の一つである。

＊兼明親王—醍醐天皇の皇子。小倉の宮。(九一四—九八七)。七十四歳。上記願文などの詩文は、「本朝文粋」「和漢朗詠集」に収録。

＊具平親王—村上天皇の皇子。(九六四—一〇〇九)。四十六歳。

44

松風を絶えぬ形見と聞くからに昔のことの音《ね》こそ泣かるれ

【出典】兼好法師集

松風を、絶えることのない公世《きんよ》卿の箏《そう》の音の形見として聞くにつけても、昔公世卿が奏でた箏の音が偲ばれて、つい声を立てて泣いてしまうよ。

この歌は、*堂の柱に書かれた*藤原公世《きんよ》の歌の傍らに書きつけた歌である。兼好は、その経緯を公世の歌と共に詞書に次のように語っている。堂の柱に、永仁五年（一二九七）、公世の二位が五部大乗《だいじょう》経供養《きょうくよう》を行い、箏《そう》をひいた由《よし》などを書いて詠んだ歌が、「ひくことをあはれと知らばなき世まで形見にしたへ松の秋風」と書きつけられているのが、霧に朽《く》ちながらも残ってかすかに見えるのも感慨深いので、その傍《かたわ》らに書きつけた歌という。

【詞書】堂のはしらに永仁五年公世の二位の、五部大乗経供養にのぼりて、箏ひけるよしなどかきて「ひくことをあはれと知らばなき世まで形見にしたへ松の秋風」と書きつけられたるが、霧に朽《く》ち残りてかすかに見ゆるもあはれにて、か兼好が歌を詠んだ時期は、松風を公世の箏の音《ね》の形見として聞くという歌の内容から、公世の没後となる。公世の没年は、彼がこの歌を柱に書いた四年後のことで、兼好十九歳の時であった。

詞書の「箏」とは、中国渡来の十三絃で、同じ七絃の琴《きん》、日本の和琴《わごん》と共に一括して琴《こと》と表現される。そのため、歌の「こと」は「琴」、すなわち「箏」をいう。公世が箏を奏《かな》でたのは、いわば仏への音楽供養で、「仏恩ヲ知ル者、菩提ヲ求ムル者、或《ある》ハ時華ヲ採リテ恭敬供養《きょうけいくよう》ニ応ジ、或《ある》ハ音楽ヲ奏デテ歌詠恋慕《かえいれんぼ》ニ応ズ」（霊山院式*）の実践《じっせん》といわれる。

公世の歌は、箏の音に心を動かされたならば、松吹く秋風よ、この音を私の亡き世までも形見として慕《した》い、箏の音のような音をたてよ、と詠んでいる。松風の音は、琴の音に比して賞美され、和歌に詠まれるものであった。

これを受けて兼好の歌では、箏の「音」と声を立てて泣く「音」を掛詞に、松風を箏の形見として聞きながら亡き公世を偲《しの》び、涙する。公世が松風に託した思いを受け、公世の亡き後、兼好は松風を公世の箏の音の形見として偲《しの》んだのである。かすかに残る公世歌に深く心を打たれた兼好の、情趣あふれる一首である。

たはらに。

*堂―横川にある霊山院の堂という。

*藤原公世―鎌倉中期から後期の公卿・歌人。(?―一三〇一)。『徒然草』第四十五段にもその名が見える。

*霊山院式―釈迦像を供養する作法。「霊山院釈迦堂毎日作法」もある。

45

おくれゐて跡弔《と》ふ法《のり》の勤《つと》めこそ今ははかなき名残《なごり》なりけれ

【出典】兼好法師集

後にとり残されて故人を弔う追善供養の勤めこそが、今は亡き人のはかない名残であることだなあ。

【詞書】亡き人を弔ひて。

詞書《ことばがき》に「亡き人を弔《とぶら》ひて」詠んだ歌とあり、歌には「跡弔ふ法の勤め」が詠まれる。「跡弔ふ」は死後を弔うこと、「法の勤め」は仏事の勤めを意味し、簡単に言えば亡き人の法事を意味する。

ストレートな詠みぶりで、意味も解し易《やす》い一首だが、注目すべきは、後に残された者が行う法要《ほうよう》は、先立った人の「はかなき名残」と表現する点にある。和歌において「はかなき」「名残」の表現が共に用いられるのは、はか*

*はかない夢を詠む歌―例え

ない夢を詠む時が多く、亡き人の弔いで用いる例は他に見出《みいだ》せない。

　兼好が、法事を亡き人の「はかなき名残」と表現した背景は、『徒然草』第三十段*からうかがい知ることができる。この段は、時が経つにつれて亡き人が忘れ去られていく経緯を述べている。法事で故人の死を哀悼《あいとう》しても、「去る者日々に疎《うと》し」というように、年月が経つとその切実さが薄れていくという。故人を「思ひ出でて偲ぶ人」もこの世を去り、「跡弔ふわざ」も絶え、更に年月が経ち墓の形さえなくなってゆくのは悲しいと綴《つづ》っている。

　この第三十段を踏まえると、法事を行うということが、残された者の亡き人を偲ぶ本当にはかないよすがなのだ、としみじみ感じる思いが改めて伝わってくる。歌において、法の勤めこそがはかない名残であると強調される点に、その思いが込められていよう。

　兼好の和歌と『徒然草』とは、ジャンルからいえば別物だが、いずれも兼好が表現した産物である。兼好の和歌を、『徒然草』の内容を視野に入れながら味読《みどく》すると、歌の背景にある、兼好が抱いた心情を、より深く味わうことができるように思われる。


ば「涙がは身もうきぬべき寝覚めかなはかなき夢の名残ばかりに」（新古今集・恋歌五）という歌など。

＊第三十段―人の亡き跡ばかり悲しきはなし」で始まる段。死後、その人のことが次第に忘れさられていく経緯を具体的につづっている。

契りおく花とならびの岡のへにあはれ幾世の春を過ぐさむ

【出典】兼好法師集

死後も一緒に過ごそうと約束して、桜と並んで墓所を用意したが、この双《ならび》の岡に、ああいったい私はどれ程の春を過ごすことだろう。

双《ならび》の岡に墓所を用意して、その傍《かたわ》らに桜を植えさせるときに詠んだ歌である。兼好は生前、双の岡に自分の墓所を用意したという。

双の岡は、山城国葛野《かどの》郡、現在の京都市右京区御室双岡町《おむろならびがおかちょう》にある双ヶ岡をいう。仁和寺《にんなじ》の南の丘陵で、北から一の岡・二の岡・三の岡と大中小三つの岡が並ぶことからこの名がある。

双の岡に関する話は、『徒然草』第五十四段*にも見え、御室《おむろ》（仁和寺）の

【詞書】双の岡に無常所設けて、かたはらに桜を植ゑさすとて。

【語釈】○ならびの岡―双ヶ岡。雙ケ岡とも。「雙」は「双」の旧字体。「ならび」は「双」と「並び」の掛詞。

*第五十四段―仁和寺の僧た

稚児《ちご》について語られる。この岡は、古来より山荘が営まれた地であり、兼好もこの地に草庵を結んで『徒然草』を書いたと伝えられている。ただしこれは、兼好ゆかりの地として、この歌から生じた伝承であろう。この岡でどれ程の春を過ごすことか、と歌に詠んでおり、ここに住んでいたと解釈されるに至っても不思議はなかろう。

兼好の墓所や歌碑は、この双の岡の東側の麓《ふもと》にある長泉寺の他、木曽（岐阜県中津川市）に知られ、伊賀（三重県伊賀市）にも兼好塚が伝わる。『徒然草』の享受と共に、兼好の伝承がいくつも形成されたのである。諸説生じるのは、兼好はいつどこで没したか明らかでなく、それだけ謎に包まれるためとも言えよう。

桜と並んで墓所を造ったというが、桜と死といえば、その花の下で死にたいと詠んだ、西行法師*の「願はくは花の下にて春死なんその二月《きさらぎ》の望月の頃」（山家集・春）が想起される。ただし兼好は、桜と共に幾年春を過ごせるか、と詠んでいる。ここには、死後どれだけ桜と自分の墓が残り続けるかという、前の歌の鑑賞にも挙げた『徒然草』第三十段に通じる思いが伝わってくるようである。

ちがかわいらしい稚児をもてなすために、きれいに作ったお重を双の岡に埋めておいたが、いざというときに掘り出そうとしたら、どこにもなかったという話を記した段。

*西行法師―平安後期の歌人・僧。俗名は佐藤義清《のりきよ》。（一一一八―一一九〇）。七十三歳。

47

逃れえぬ老蘇森《おいそのもり》のもみぢ葉は散交《ちりか》ひ曇《くも》るかひなかりけり

【出典】新続古今和歌集・雑歌・一七六七／兼好法師集

老いを逃れられないという老蘇の森の紅葉の葉は、老いがやって来るという道が分からなくなるくらいに散り乱れ、老いが来るのを妨げようとしても、やはりその甲斐はないなあ。

【詞書】落葉を（新後古今集）。落葉（兼好法師集）。

「老蘇森《おいそのもり》（老曾杜）」とは、近江国、現在の滋賀県近江八幡市安土町《おうみはちまんしあづち》にある奥石《おいそ》神社の森である。この森は、ホトトギスの名所で知られ、歌枕として和歌に詠まれた。この歌のように、「老蘇森」の「老」に「老い」を掛けて詠まれることが多い。

この歌は、「桜花散《ち》り交《か》ひ曇れ老いらくの来むといふなる道まがふがに」（古今集・賀歌）を本歌とする。桜の花よ、散り乱れて空を曇らせなさい。

老いがやって来るという、その道が花で隠れて分からなくなるように、と詠んでいる。これ以後、桜の花や紅葉の葉が、道が見えなくなるくらい散って埋もれるという情景は、和歌によく詠まれた。

兼好の歌は、散り乱れる桜花で老いがやって来る道を分からなくさせるという本歌の内容を踏まえ、桜花に変わる老蘇森の紅葉の落葉によせて、逃れられない老いを詠む。この歌の題は「落葉」である。

この歌は、兼好が最晩年に詠んだ歌である。兼好が晩年に編纂《へんさん》した『兼好法師集』に収められているが、実はこの家集は、兼好自筆といわれる＊草稿本《そうこう》がある。草稿本とは、清書《せいしょ》する前の段階のもので、推敲《すいこう》の跡が残される、いわば家集の下書き本である。家集の最終に置かれる八首は、この前までの筆跡と違って筆圧が強く老筆《ろうひつ》を思わせ、また歌の内容などからして、最晩年のある時期に書き加えたと見られている。この八首中の、最後から四首目に置かれたのがこの歌である。

逃れられない老いを詠んだ兼好は、少なくとも六十代後半に達していただろう。どうすることもできない「老い」に対する、兼好の嘆きが伝わってくる。

＊草稿本―前田家尊経閣文庫に所蔵。

48

わび人の涙になるる月影はかすむを春のならひとも見ず

【出典】兼好法師集

世をわびている私の涙に馴れ親しんだ月の光は、いつも霞んでいるので、霞んでいる春の月をみても、それが春のならわしとも見えません。

【詞書】春のころ、哀傷。

兼好は、最晩年に加えた『兼好法師集』の巻末八首の最後に、三首の哀《あい》傷《しょうか》歌を置いた。詞書は「春のころ、哀傷」である。哀傷歌とは、人の死を哀《かな》しみ悼《いた》む歌をいうが、ここでは兼好が心に深く感じて悲しみ悼む思いを詠んでいる。この歌は、そのうちの最初の歌となる。

初句の「わび人」とは誰を指すのだろうか。「わび人」は、ここでは世をわびて寂しく暮らす人の意で用いられている。すなわち「わび人」とは、兼好自身を指していよう。

和歌において、霞は春の景物として詠まれるものである。しかしこの歌では、春に月が霞んでいるのを、春のならわしとして認めることができないという。その理由に、眺め親しんできた月光が、涙のため、春に限らずいつも霞んで見えていたことを挙げる。兼好は、月光を眺めては、いつも涙していたのである。

月を眺めるという行為は、和歌に多く詠まれており、兼好も月によせる愛着の深さを詠んでいる。例えば、月に向かって思い続けた歌として、「思ひおくことぞこの世に残りける見ざらむ後の秋の夜の月」がある。思い残すことがこの世に残ったなあ、それは私が死んだ後に見られなくなる秋の夜の月であるよ、としみじみ詠んでいる。また『徒然草』第二十一段*では、「よろづの事は、月見るにこそ慰《なぐさ》むものなれ」と語る。どんなことであれ、月を見ると慰められるという。いつも月を見ては心を慰めてきたのだろう。

月によせる愛着から、世捨《よす》て人《びと》兼好が、いつも孤独に月を眺めては涙していた様子が浮かんでくる。月を見て涙するこの歌は、死期が迫る最晩年の兼好の、深い哀愁感を漂わせる。

＊第二十一段―「よろづのことは、月見るこそ慰《なぐさ》むものなれ」で始まる段。月以外にも露もあわれと主張する人をあげ、さらに花・風・清流などを推奨する。

49

見し人もなき故郷《ふるさと》に散りまがふ花にもさぞな袖は濡《ぬ》るらん

【出典】兼好法師集

知る人もいなくなった故郷では、散り乱れる桜の花を見ても、さぞかし涙で袖がぬれることでしょう。

前の歌に続く、最晩年の春に詠んだ哀傷歌である。『兼好法師集』の最後から二首目の歌となる。前の歌では月を見て涙したのに対し、この歌では桜の花を見て涙する。兼好の深い悲哀《ひあい》感を漂わせる歌が続いている。

この歌は、故郷の様子を推量する形で終えている。兼好は、かつて親しんだ故郷を思い起こし、知る人もいなくなった故郷の今をしみじみと思い描いていたのだろう。散り乱れる花は、その美しさを賞美する歌もあれば、それを惜《お》しむ歌もあるが、ここでは、知人もない故郷で散り落ちる花を見たとしても、寂しく涙するであろう心情を想像している。前の歌で「わび人」と詠む状況を重ねると、俗世を逃れた兼好の耐え難い孤独感が伝わってくる。
孤独を感じれば感じるほど、故郷への哀愁《あいしゅう》は何より深いものであったに違いない。こうした歌の様子から、一人孤独と向き合っていた兼好の、老いの自覚と死への強い意識が感じ取れる。

兼好の足跡がたどれるのは七十歳までであり、それ以降は消息がつかめない。最晩年、兼好は人との交流をほとんどせずに過ごしたことを思わせる。

兼好は、『兼好法師集』を編纂《へんさん》するにあたり、哀傷歌に特別な配慮を行っていた。家集《かしゅう》の編纂方針を記した部分に、*哀傷歌を巻頭近くに置くことを特記するのである。通常、勅撰集《ちょくせんしゅう》や私家集《しかしゅう》等で、哀傷歌を巻頭近くに持ってくる例はほとんどない。人の死を悲しみ悼む歌を最初に置くことは、本来避《さ》けてしかるべきであろう。

兼好は、哀傷歌を巻頭近くから散りばめながら、晩年の家集編纂時、亡き知人を思い返し、偲《しの》んでいたのかもしれない。それだけに、最晩年に巻末に残した哀傷歌は、特に注目されるのである。

*哀傷歌を巻頭近くに置くこと―家集の冒頭に編纂方針が記され、この中に「哀傷歌ノ事」という項目があり、「巻頭ヨリ第十五番ニコレヲ書ク。忠岑集カクノ如《ゴト》シ」とある。

50

帰り来《こ》ぬ別れをさても嘆くかな西にとかつは祈るものから

【出典】兼好法師集

二度と帰って来ることのない死別をやはり嘆くことよ。一方では西方極楽浄土へ行けますようにと祈るけれど。

『兼好法師集』の最後尾、哀傷歌三首中の最終の歌となった。兼好はこれまで、世をわびる人として涙する歌や、知る人もみな亡くなった故郷を偲び涙する歌を詠んできた。いよいよ最後となるこの歌では、死別を嘆く心情を詠んでいる。

哀傷歌を家集の最後に置いたことを考慮すると、この歌は人との死別を歌いながら、兼好自身の死をも暗示するかのようである。最晩年の兼好は、まもなく自分も死を迎えることを強く意識していたはずである。

「西」とは、西方十万億の仏土《ぶつど》を経たかなたにあるといわれる極楽浄土を指している。兼好は、死後に極楽浄土へ行けるよう祈るばかりの身であっても、死が迫ることを自覚し、嘆かずにはいられない思いを率直に表現している。

「人はただ、死が身に迫っていることを意識し、つかの間もそれを忘れてはならない。そのように生きれば、この世への執着も消え、仏道に専念する気持ちが強くなるはずである」――このように語る『徒然草』第四十九段*の説示《せつじ》とこの歌を比べると、まるで別人の意見のようである。この歌は、逃《のが》れられない死を嘆かずにはいられない心情そのものを吐露している。この歌を念頭に置くと、この説示は、実はこの世に執着してしまう自分自身への強い働きかけでもあったのかとすら思えてくる。

兼好の和歌を味読すると、「徒然草の作者兼好」のイメージとはまた違った「歌人兼好」像が築かれる。兼好の和歌の特徴は、ありのままの心情を率直に表現する実情詠にあった。兼好の歌を探っていくと、『徒然草』では見《み》出《いだ》せない、新たな兼好像を発掘することができるだろう。

*第四十九段―人はただ、無常の身に迫りぬる事を心にひしとかけて、つかの間も忘るまじきなり。さらば、などか、この世の濁りも薄く、仏道を勤むる心もまめやかならざらん。

歌人略伝

兼好の生年は未詳だが、およそ弘安六年（一二八三）頃とされる。父は治部少輔卜部《うらべ》兼顕。母は未詳だが、兄弟に兼雄や天台僧の慈遍《じへん》が知られる。本名は卜部兼好《かねよし》である。吉田兼好は正式な名ではなく、卜部家が吉田家・平野家に分家して吉田家が残ったことにもとづく、江戸時代以降の俗称である。卜部氏は神職の家柄で、兼好の父も吉田神社の神職であった。一方兼好は、正和二年（一三一三）、三十一歳までに出家して遁世者となった。時期は諸説あるが、洛北の修学院や比叡山の横川などに隠棲している。

兼好は、堀川家の家司となり、おそらくその関係から、十九歳の頃、六位蔵人として、正安三年（一三〇一）に践祚《せんそ》した後二条天皇に奉仕した。後二条天皇の母は、堀川具守の女《むすめ》の西華門院である。そして二十五歳の頃、左兵衛佐《さひょうえのすけ》となった。また、若い頃、武蔵国金沢《かねさわ》に住み、後の関東下向で再び訪れている。

兼好は、和歌の正統な家柄である二条家の為世《ためよ》を師と仰いで二条派に属し、歌人として和歌活動を行った。本格的な歌壇での活動がたどれるのは、四十代に入ってからだが、元応二年（一三二〇）、三十八歳で勅撰集『続千載和歌集』に初入集を果たしている。こうした和歌活動の一方で『徒然草』を残し、晩年に『兼好法師集』を編纂した。兼好の最後の事跡は、七十歳の折、正平七年（文和元年・一三五二）に『後普光園院殿御百首』（二条良基）に合点《がってん》を付したことである。この頃が最晩年であろう。これ以降に没したと見られるが、消息は全く伝わっておらず、どこで没したかも定かでない。

略年譜

年号	西暦	年齢	兼好の事跡	歴史事跡
弘安　六年	一二八三	1	この頃誕生か	
正応　二年	一二八九	7		頓阿誕生
正安　三年	一三〇一	19	蔵人として後二条天皇に奉仕	藤原公世没
徳治　二年	一三〇七	25	この頃左兵衛佐となるか この頃関東に下向か（一説）	足利尊氏誕生
延慶　元年	一三〇八	26	この年以降西華門院に和歌詠進	後二条天皇崩御
応長　元年	一三一一	29	この頃東山に住むか	
		30	この頃関東に下向か（一説）	
正和　二年	一三一三	31	山科小野庄の田を購入 これ以前に遁世	玉葉集なる
四年	一三一五	33	この頃修学院に籠居するか	
五年	一三一六	34	大中臣定忠の追善に和歌を詠む	堀川具守没
文保　元年	一三一七	35	延政門院一条と和歌を贈答	堀川具守の一周忌
二年	一三一八	36	この頃関東に下向か（一説）	

元応　元年	一三一九	37	この頃徒然草の一部がなるか	
二年	一三二〇	38	続千載集に一首入集 この頃横川に隠棲するか	
正中　元年	一三二四	42	二条為世から古今集を受講	
二年	一三二五	43	続後拾遺集に一首入集	
元弘二年 正慶元年	一三三二	50	延政門院一条と和歌を贈答	延政門院崩御
三年 二年	一三三三	51	金沢から上京するか	北条氏滅亡
延元元年 建武三年	一三三六	54	二条為定から古今集を受講	足利尊氏、幕府を開く
二年 四年	一三三七	55	この頃までに徒然草なる（一説）	
三年 暦応元年	一三三八	56	二条為定家歌合に出詠	二条為世没
興国五年 康永三年	一三四四	62	高野山金剛三昧院に和歌を奉納	これ以後増鏡なる
六年 貞和元年	一三四五	63	この頃兼好法師集を編纂	
正平元年 二年	一三四六	64	洞院公賢を訪ねて談ず	
四年 五年	一三四九	67	風雅集に一首入集	
正平五年 観応元年	一三五〇	68	為世十三回忌和歌に出詠	
七年 文和元年	一三五二	70	後普光園院殿（二条良基）御百首に合点を付す　これ以後没す	

解説　「歌人　兼好法師―生涯の記録『兼好法師集』」――丸山陽子

はじめに

兼好は、江戸時代より『徒然草』の作者として有名になり、様々な伝承が形成された。そのため、『徒然草』作者としてのイメージがあまりにも大きく、歌人であったことは陰に隠れたかのようであった。これまでの『徒然草』享受において、兼好はどちらかというと知識人で堅いイメージが形成された感がある。しかし、兼好が生きた当時は、『徒然草』の作者としてではなく、歌人として世に知られていた。

それでは兼好は、歌人としてどのような歌を多く詠んだのか。そして、人々とどのように交流し、歌人としてのネットワークを築いていったのか。これを解く一番の手掛かりが、兼好によって晩年に編纂された『兼好法師集』である。よって、『兼好法師集』の特徴を追い、『徒然草』にも触れながら、兼好の歌人としての活動と家集編纂に込めた意図に迫ってみよう。

家集の編纂

家集の編纂時期は、おおよそ兼好六十三歳の頃で、晩年の時期であった。家集には、贈答歌などの他人の歌二十首弱を含め、全部で二百八十首余りの歌を収める。兼好が生涯に詠んだ歌は、この数を大きく上回ることはないであろうが、そもそもこの歌集は、網羅《もうら》的に収めることを目的としていない。兼好は、家集に「家集事」として編纂方針を記すが、ここから、兼好独自の編纂を行ったことがうかがえる。この中に設けられた「詞書」の項目では、日記や物語のように詞書を長く書くことが明記されている。歌人として生きた兼好は、様々な機会に詠んだ歌を、人生の軌跡《きせき》として記録に留めるかのように編纂したのであろう。

なお、『兼好法師集』の執筆の動機は、勅撰集『風雅《ふうが》和歌集』に兼好の歌が選ばれるにあたり、資料として提出するためであったともいわれているが、確証はない。独自の構成のあり方や内容などを考慮すると、やはり兼好が生涯にわたる生活や人々との交流の折々に詠んだ和歌を記念に残す目的で編纂した、私家集としての性格が強い。

家集の構成と性格

この家集は、歌集抄で触れたように、前田家尊経閣文庫に、兼好自筆といわれる草稿本がある。特に家集の前半部分は推敲《すいこう》の跡が顕著で、配列や構成に力を入れたようである。家集全体を見通すと、家集前半は兼好の心中《しんちゅう》の思いを述べた述懐《じゅっかい》歌や贈答歌、後半は歌会で詠んだ歌や題詠が目立つが、もともと春夏秋冬などの部立《ぶだて》はなく、配列の規則性は緩やかである。また、大まかに見ると年代を追って置かれているように見えるものの、詠歌時期が明らかに前後している歌もあり、歌を詠んだ順に順序を立てて並べたものではない。

このような自由な配列構成を行ったのは、部立できるほどの歌数がなかったことなどの理由も考えられるが、何よりこれが、自身の歌を一番よい形で配列できる方法であったからに違いない。

和歌四天王

二条為世門下には和歌の「四天王」と称される四人の歌人がいた。為世を師とする二条派に属した歌人で、その一人が兼好であった。このことは『了俊歌学書』や『正徹《しょうてつ》物語』に記される。この「四天王」を、特に「和歌四天王」と称する。初めは頓阿、浄弁、能誉、兼好の四名であったが、能誉が早くに没したため、代わって浄弁の子である慶運がその一人となった。兼好は、この四人の中ではそれほど目立った存在ではない。むしろ和歌史の上では、二条派を再興した頓阿の注目度が高い。頓阿は、著作に『井蛙《せいあ》抄』や『愚問賢註《ぐもんけんちゅう》』、また家集に『草庵集』などを残し、勅撰集『新拾遺和歌集』の完成にも尽力している。しかし、兼好は、こうした四天王の一人に位置づけられ、また歌集抄07に挙げたように、周囲から褒《ほ》められた歌や、人の口にのぼる歌もあった。歌人としての評価は決して高くないものの、当時は歌人としてそれなりの地位を築いていたようである。

和歌と社交

兼好が若い頃は、歌会等に参加した記録がない。兼好以外の和歌四天王が参加した歌会等に、兼好の名が見出せないのである。兼好が歌壇で本格的に活躍するようになったのは、元応二年（一三二〇）、三十八歳で勅撰集『続千載和歌集』に初入集を果たして以降、四十代に入ってからと見られる。これ以前の和歌は、兼好が単独で詠んだ歌の他、大中臣定忠の追善に詠んだ歌や、堀川具守の一周忌に延政門院一条と交わした贈答歌といった、人々との交流を通じて詠んだ歌しか残されていない。兼好は、歌会への参加にあまり積極的でなく、歌会向きの歌を多く残さなかったことが、歌人としての歌の評価を下げた原因ともいわれる。歌会に出席するまで、兼好は和歌を社交のための手段としていたようである。

家集中の歌の特徴

『兼好法師集』は、叙景歌や題詠歌に対し、心情をありのままに詠む実情詠の多さに特色がある。日常の生活の中で詠まれた実情詠は、思いを率直に吐露するものが多い。こうした実情詠には、例えば『新古今和歌集』に代表されるような、余情妖艶《よじようようえん》の体を見出し難い。よって、味気ないといった低い評価が下りがちな家集と、定評のある『徒然草』とが、しばしば比較される運命にあった。しかし、この歌のスタイルが、兼好の歌の特徴である。こうした歌を多く残した歌人兼好という視点から、兼好の和歌を探っていく必要があろう。

『徒然草』―古歌への賛美―

「和歌こそなほをかしきものなれ」――『徒然草』第十四段冒頭である。『徒然草』で、歌論を語る段はないに等しく、挙げるとすればこの段くらいである。評価の低い「歌屑《うたくず》」といわれる歌を挙げながら、こうした歌でも昔の人の詠んだ歌は、「やすくすなほにして、姿もきよげに、あはれも深くみゆ」という。これは、一つの印象批評との見方がなされ、『徒然草』に兼好の歌論そのものを求めることはできない。

ただし、古歌への賛美は、家集に少なからず反映されている。藤原定家《ていか》は、本歌取りは三代集（古今・後撰・拾遺集）や『伊勢物語』等から採用するものと述べているが、兼好の家集で古歌を念頭に置く歌は、『古今和歌集』によるものが圧倒的である。また、家集の編纂方針を記した「家集事」に、当時としては異例の、哀傷歌を巻頭近くに配列することへの裏づけとして、『古今和歌集』編者の一人、壬生忠岑《みぶのただみね》の家集『忠岑集』を例示する（歌集抄49参照）。これは部立《ぶだて》のない私家集である。兼好は、特に古今時代への追慕《ついぼ》から、当時のような形式の家集編纂を目指したのかもしれない。

後世の評価

江戸期より『徒然草』に注目が集まったが、歌人としての兼好が注目され、『兼好法師集』の歌そのものが注釈されるようになったのは、昭和に入ってからである。そして近年、『兼好法師集』の注釈書が増えつつある。歌人兼好がクローズアップされるのは、歌人として生きた兼好を知ることへの注目度の高まりが背景にあろう。『徒然草』享受において形成された兼好像に影響されず、歌人兼好そのものを見出そうとする動きである。

兼好を知るには、『徒然草』だけでなく、歌人として生きた兼好を知る必要がある。江戸期には、家集の存在は知られていても、『徒然草』を読むための副資料的な存在としてしか扱われなかった。しかし逆に、家集をメインとして扱ってみると、歌人として生きた兼好の足跡や、歌人としての人々との交流が明らかになってくる。そこからまた、新たな歌人兼好像に加え、『徒然草』作者兼好像が築かれてゆくに違いない。兼好の歌を知るほど、「もしかしたら…」「意外と…」というように、これまで『徒然草』のみから抱いてきた兼好像が、きっと変わってゆくだろう。

読書案内

『中世和歌集　室町篇』（新日本古典文学大系47）　荒木尚　岩波書店　一九九〇
「兼好法師集」の他、「慶運百首」「後普光園院殿御百首」「頓阿法師詠」などを収める。「兼好法師集」には現代語訳がある。
『草庵集・兼好法師集・浄弁集・慶運集』（和歌文学大系65）　齊藤彰　明治書院　二〇〇四
兼好を含む二条為世門下の和歌四天王の私家集を収める。「兼好法師集」には現代語訳がある。

○

『新訂　徒然草』（岩波文庫）　西尾実・安良岡康作　岩波書店　一九八五
一九二八年刊行『徒然草』の改版。昭和における『徒然草』研究の先駆けとなった両著者による校注があり、後ろに解説と章段索引を付す。大きな活字のワイド版もある。
『徒然草』（講談社文庫）　川瀬一馬　講談社　一九七一
前半に本文と校注があり、補注を挟んで後半に現代語訳がある。後ろに解説や本文語彙索引も付されており、コンパクトにまとまった一冊。
『徒然草　全注釈㈠〜㈣』（講談社学術文庫）　三木紀人　講談社　一九七九〜一九八二
現代語訳と語釈の他、章段ごとに解説があり、徒然草を通して兼好像を説いた全四冊。
『方丈記　徒然草』（新日本古典文学大系39）　久保田淳　岩波書店　一九八九

底本には、現存最古の写本である永享三年に書写された正徹本を用いる。充実した校注があり、また人名一覧と地名・建造物名一覧、及び解説を付す。

『方丈記　徒然草　正法眼蔵随聞記　歎異抄』（新編日本古典文学全集44）　永積安明　小学館　一九九五

本文の上部に校注、下部に現代語訳が付された三段組で、読みやすい。二色刷りで、所々に絵が配される。

○

『卜部兼好』（人物叢書 新装版）　冨倉徳次郎　吉川弘文館　一九八七

一九六四年に刊行の『卜部兼好』の新装版。歌人としての兼好に注目し、「兼好法師集」を初めて注釈した著者が、『徒然草』作者兼好の生涯とその人間像に迫る。

『『徒然草』の歴史学』（朝日選書）　五味文彦　朝日新聞社　一九九七

中世の文学作品である『徒然草』を、歴史学の視点に立って、新たな切り口からその魅力を引き出した書。

『兼好』（ミネルヴァ日本評伝選）　島内裕子　ミネルヴァ書房　二〇〇五

『徒然草』の享受史に詳しい著者による兼好の評伝。兼好が後世の人々にどのように評され、伝えられ、生き続けてきたかをまとめた書。

『兼好法師の虚像　偽伝の近世史』　川平敏文　平凡社　二〇〇六

近世の『徒然草』ブームのなか、兼好に関する偽物の伝記資料が産み出された。変転した兼好のイメージを、近世の思想と学芸の変遷から映し出した、偽伝の文化史。

長明・兼好の歌

日本古典鑑賞講座『徒然草・方丈記』（昭和三十五年　角川書店）

山崎敏夫

歌人としての長明・兼好　鴨長明と兼好法師とは、それぞれ『方丈記』および『徒然草』の著者としてあまりにも有名である。しかしいつの時代においても、今日の如く、長明は『方丈記』により、兼好は『徒然草』によって世に知られていたわけではないのである。おそらく長明も兼好もその生前においては、『方丈記』なり『徒然草』なりという優れた文芸作品の作者としての世間的栄誉を歓ぶことはなかったのであろう。長明にしても兼好にしても、文芸の世界において自分の生命をかけたのは、ともに和歌であったはずである。生前の作者がそれをどう考えていたにしても、今日では『方丈記』と『徒然草』が日本古典の中に光る二つの珠玉であることは、否定できない。問題は、なかば忘れ去られたような形になっている長明・兼好の和歌である。この二人の和歌に対する評価は今日ほとんど定まっていると言ってもよい。それは長明・兼好にとってあまりかんばしいところの評価ではない。事実、長明の歌はともかくとして、兼好の歌を高く買う人はあまり多く無いと言ってよい。しかしはたしてそれでよいのであろうか。また長明と兼好の歌を比べた場合は、長明の方が兼

好よりは相当上であると考えられているのが一般であるが、評価はそれでよいのであろうか。（中略）

兼好法師の家集　兼好法師の家集としては、『群書類従』に『兼好法師集』があり別に寛文四年（一六六四）刊本があって、はやくから世に知られていたが、今日では、兼好自筆による前田家蔵の『兼好自選家集』が見出されて広く世におこなわれている。それは冨倉徳次郎氏の『類纂評釈徒然草』（昭和31・5）に附録として、註を附して載せられている。この『兼好自選家集』の成立時期については、「尊経閣叢刊解説」『兼好法師研究』（冨倉徳次郎）、『兼好法師自選家集攷』（堀部正二）のあいだにおいて見解が異なっていて定まらないが、その書写編纂の時期は、貞和元年（興国六年、一三四五）春以降、それを甚しく遠ざからざる時期と考えてよいようである。貞和元年は兼好六十三歳である。兼好の死を正平五年（観応元年、一三五〇）六十八歳と考えるならば、最晩年の五年間を除いて彼の生涯の作品からここに自選せられているものであることを知るのである。その点長明自選による『鴨長明集』が、その少壮の一時期の作品のみを集めたものであるのとは、集の性質を異にしているのである。なお兼好の集で勅撰和歌集に見えるものは、『兼好自選歌集』にもまた見えるものも多いが、計十八首であって次の通りである。

続千載	1	続後拾遺	1	風雅	1
新千載	3	新拾遺	3	新後拾遺	3
新続古今	6				

この『新続古今』の6という数字は注目せられていい。

手枕の兼好　次に『兼好自選歌集』について少しく彼の歌を見てゆくことにする。

冬の夜あれたる所のすのこにしりかけて、木だかき松のこのまよりくまなくもりたる月をみてあか月まで物がたりし侍りける人に

(a)おもひいづやのきのしのぶに霜さえて松の葉わけの月を見し夜は　33

歌の番号は『類纂評釈徒然草』の附録の自選歌集に附せられたものを便宜上用いたものである。この一首は、『徒然草』一〇五段「北の屋かげに消え残りたる雪の……」という文章を思い起させるが、事実この文とこの歌とのあいだには深い関聯があるのであろう。家集と『徒然草』の内容を対比することは興味あることであるが、この点につき白石大二氏は、「通覧すると家集は内容上徒然草の素材をなしている観がある」(『兼好法師論』昭和17・12)として諸例をあげている。便宜上、今これを表示してみると次のようになる。

徒然草	家集
二十六段前半	28・29
三十段・百八十九段	66・49
百四段・百五段	225・33

なおこの外にも

おくれゐてあととふのりのつとめこそいまははかなきなごりなりけれ　228

は、同じく三十段の「人の亡きあとばかり悲しきはなし。……」の一文を思い出させるものがあり、

思ひおくことぞこの世にのこりける見ざらむあとの秋のよの月　247

は、二十段「なにがしとかやいひし世捨人の……」という短い文章を思い出させる。こまかに調べて行けば、この種の例はまだ多く見出されることであろう。

薄暮帰雁

(b)ゆきくるゝくもぢのするゐにやどなくばみやこにかへれ春のかりがね　60

この歌については、『近来風体抄』に「此歌は頓も慶もほめ申き」とある。頓は頓阿、慶は慶雲である。当時においても世評の高かった歌のようである。どこか寂蓮の歌を思わせる、さびしさと華やかさの渾融した歌である。

平貞直《可尋之》朝臣家にて歌よみしに旅宿の心を

(c)ふるさとはなれぬ嵐に道たえて旅寝にかへる夢の浮橋　242

この歌は『新古今』の次の二首を本歌としている。

春の夜の夢の浮橋とだえして嶺にわかるゝよこ雲のそら　藤原定家朝臣

古郷は散る紅葉葉にうづもれて軒の忍ぶに秋風ぞ吹く　俊頼朝臣

この歌の場合は、二首を本歌としたと言うよりもむしろ、二首をつき合わせて一首を構成していると言った方がより適切かも知れない。二條家は京極家と異なって、『新古今』よりもむしろ新勅撰の風体を重んじたものであるが、兼好の歌にはこのように『新古今』の歌を本歌に取ったものが家集の中にまま見られる。

ふるゆきにさとをばかれずあとつけばまつらむ人のかずにもらすな　5

は、『新古今』の

庭の雪にわが跡付けて出でつるをとはれにけりと人やみるらん　前大僧正慈円

を本歌とし

かつらぎや花のさかりをよそに見て心そらなるみねの白雲

は、『新古今』の

よそにのみ見てややみなん葛城や高間の山の嶺の白雲　読人不知

にもとづいたものであり

きゝなれぬ草のいほりの雨の音にむかしをいかでおもひいづらむ　271

は同じく『新古今』の

昔思ふ草の庵のよるの雨になみだなそへそ山郭公　皇太后宮大夫俊成

が本歌になっている。本歌の関係は別とするにしても、この(b)(c)の歌などは、新勅撰・二条の風体よりもむしろ、『新古今』の格調に近いものがあると言えるであろう。そこで思い出されるのは次の一文である。「為世卿、門弟のむかし人にもをしへ申しは、和歌はやさしきより外のすがた有べからず、こと葉は三代集の歌の詞の外不可詠と云々然間かの門弟のともがらが其比よめりし歌どもは、たとへば木にて人形を作て、それになき人の昔差たりし衣どもの日なれたるが、而も裏も見わかず、きれぐ\に成たるを、木作の人形の差たるごとくなるべし、其世にも為世卿の門弟等の中には四天王とか云て、かれらが歌ざまを、薬師寺、中條、千龝、炑山などゝ云し人々如小師に信ぜしかども、故為秀卿の弟子に成にき、其四天王は、浄弁、頓阿、能與、兼好等也。浄弁はうせにしかば、其子慶運、其子基運、これら皆為秀卿の弟子に成てはてにき、兼好、能與は早世して跡なく成しかども、存命の時は、兼好法師は為秀卿の家をばことの外に信じて、後撰集、拾遺集をも為秀卿の家本申出てうつしなどせし事我等見及しぞかし、かれらが申しは、古今の説の事は昔為氏卿・為世卿三代の時、為相卿と問答に一天下の隠なく成て侍しかば、今更二條家を不可改、さりながら今此御門弟に参て直に説をうけ給に、かの説はあさまに成て侍とぞ、此法師等は申侍し。」というのである。意味の不明瞭の点もあり長文でもあるが重要だと思われるのでわざと引くことにした。これは伊地知鐵男氏により「未刊国文資料」の一部として刊行せられた『今川了俊歌学書と研究』(昭和31・9)の中に紹介されている「了俊歌学書」の一部である。ここに引用した部分は、安良岡康作氏の「歌人としての兼好」(『解釈と鑑賞』昭和32・12)にも引かれていてすでに注目している人も多いかと思うのであるが、二條家の流れを正しく一すじに受けていると信ぜられて来た兼好が、かくの如く冷泉家に出入したことが事実であるとすれば、それはまことに興味ある事実である。しかしここにあげた(b)(c)の歌などは、そのことの事実をむしろ裏付けるような歌ではある。

百首歌奉りし時寒草

(d)手枕の野辺の草葉の霜がれに身はならはしのかぜぞさむけき

この歌が喧伝せられて、当時、「手枕の兼好」と呼ばれたということが伝えられているが、(d)の歌と(b)(c)とはやや異なるところがある。ともかく兼好の歌はすべて非常に巧緻であるということは言い得ると思われる。

＊初出の表記は、旧漢字・旧仮名づかいであったが、新漢字・新仮名づかいに訂したことをおことわりする――笠間書院編集部

丸山陽子（まるやま・ようこ）
＊1975年長野県生。
＊フェリス女学院大学大学院博士後期課程修了。博士（文学）。
＊現在　フェリス女学院大学非常勤講師。
＊主要著書
『歌人兼好とその時代』（笠間書院）

兼好法師《けんこうほうし》　コレクション日本歌人選　013

2011年4月25日　初版第1刷発行

著者　丸山陽子
監修　和歌文学会

装幀　芦澤泰偉
発行者　池田つや子
発行所　有限会社　笠間書院
東京都千代田区猿楽町2-2-3［〒101-0064］
NDC分類 911.08　電話　03-3295-1331　FAX　03-3294-0996

ISBN978-4-305-70613-3　© MARUYAMA 2011
印刷／製本：シナノ
乱丁・落丁本はお取り替えいたします。（本文用紙：中性紙使用）
出版目録は上記住所または info@kasamashoin.co.jp まで。

コレクション日本歌人選　第Ⅰ期～第Ⅲ期

第Ⅰ期　20冊　2011年（平23）2月配本開始

No.	タイトル	読み	著者
1	柿本人麻呂	かきのもとのひとまろ	松松寿夫
2	山上憶良	やまのうえのおくら	辰巳正明
3	小野小町	おののこまち	大塚英子
4	在原業平	ありわらのなりひら	中野方子
5	紀貫之	きのつらゆき	田中登
6	和泉式部	いずみしきぶ	高木和子
7	清少納言	せいしょうなごん	圷美奈子
8	源氏物語の和歌	げんじものがたりのわか	高野晴代
9	相模	さがみ	武田早苗
10	式子内親王	しょくしないしんのう（しきしないしんのう）	平井啓子
11	藤原定家	ふじわらていか（さだいえ）	村尾誠一
12	伏見院	ふしみいん	阿尾あすか
13	兼好法師	けんこうほうし	丸山陽子
14	戦国武将の和歌		綿抜豊昭
15	良寛	りょうかん	佐々木隆
16	香川景樹	かがわかげき	岡本聡
17	北原白秋	きたはらはくしゅう	小倉真理子
18	斎藤茂吉	さいとうもきち	國生雅子
19	塚本邦雄	つかもとくにお	島内景二
20	辞世の歌		松村雄二

第Ⅱ期　20冊　2011年（平23）9月配本開始

No.	タイトル	読み	著者
21	額田王と初期万葉歌人	ぬかたのおおきみとしょきまんようかじん	梶川信行
22	伊勢	いせ	中島輝賢
23	忠岑と躬恒	みぶのただみねとおおしこうちのみつね	青木太朗
24	紫式部	むらさきしきぶ	植田恭代
25	西行	さいぎょう	橋本美香
26	今様	いまよう	植木朝子
27	飛鳥井雅経と藤原秀能		稲葉美樹
28	藤原良経	ふじわらよしつね（よしつね）	小山順子
29	後鳥羽院	ごとばいん	吉野朋美
30	二条為氏と為世	にじょうためうじとためよ	日比野浩信
31	永福門院	えいふくもんいん（ようふくもんいん）	小林守
32	頓阿	とんあ（とんな）	小林大輔
33	松永貞徳と烏丸光広	まつながていとくとからすまるみつひろ	高梨素子
34	細川幽斎	ほそかわゆうさい	加藤弓枝
35	芭蕉	ばしょう	伊藤善隆
36	石川啄木	いしかわたくぼく	河野有時
37	漱石の俳句・漢詩		神山睦美
38	若山牧水	わかやまぼくすい	見尾久美恵
39	与謝野晶子	よさのあきこ	入江春行
40	寺山修司	てらやましゅうじ	葉名尻竜一

第Ⅲ期　20冊　2012年（平24）5月配本開始

No.	タイトル	読み	著者
41	大伴旅人	おおとものたびと	中嶋真也
42	東歌・防人歌	あずまうたさきもりうた	近藤信義
43	大伴家持	おおとものやかもち	池田三枝子
44	菅原道真	すがわらみちざね	佐藤信一
45	能因法師	のういんほうし	高重久美
46	源俊頼	みなもとしゅんらい（としより）	高野瀬恵子
47	源平の武将歌人		上宇都ゆりほ
48	鴨長明と寂蓮	ちょうめいじゃくれん	小林一彦
49	俊成卿女と宮内卿	しゅんぜいのきょうのむすめくないきょう	近藤香
50	源実朝	みなもとさねとも	三木麻子
51	藤原為家	ふじわらためいえ	佐藤恒雄
52	京極為兼	きょうごくためかね	石澤一志
53	正徹と心敬	しょうてつしんけい	伊藤伸江
54	三条西実隆	さんじょうにしさねたか	豊田恵子
55	おもろさうし		島村幸一
56	木下長嘯子	きのしたちょうしょうし	大内瑞恵
57	本居宣長	もとおりのりなが	山下久夫
58	正岡子規	まさおかしき	矢羽勝幸
59	僧侶の歌	そうりょのうた	小池一行
60	アイヌ叙事詩ユーカラ		篠原昌彦

『コレクション日本歌人選』編集委員（和歌文学会）
松村雄二（代表）・田中　登・稲田利徳・小池一行・長崎　健